幸福老

高齡的快樂祕密

以我喜歡的樣子，慢慢變老。

一群人的老後4

清
著

作者序

以我喜歡的樣子，慢慢變老

◎黃育清

第三本「老後」出版時，我接受了更多認識的或不認識的朋友們的鼓勵和贊許。我想，應該不會再有第四本了，我所知道的老人們幾乎已被寫光了。新進來的老年朋友，他們的身心狀態應該也和一般的老人家相似相仿，如果再寫恐怕會重複同樣的故事了。

但是，寫作的習慣沒變，每天午後，總有一兩個小時，我會伏案寫些東西、寫自己的感觸、寫看到的感人事情，寫呀寫的，算一算，又有四十多篇，夠出另一本書的分量了。

內容是什麼呀？我翻了翻，也是寫老年人的事，多半的是把自己的老攤在陽光下：身體的老化、思想的僵化、習慣的變化……很坦白的攤在字裏行間。許多尷尬的事，許多因「老」而鬧出來的笑話，都誠誠實實地記錄了下來。雖然有幾分靦覥，但是心裏為自己辯護：老了唄！又不是我願意這樣，實在是不得已啊！

所以這麼坦白，很大的因素是因為讀者給我的鼓勵，他們讓我知道已老的我並沒有被嫌棄。有很多人和我有相同的故事，看到我寫的，彷彿看到了他們自己，這當然給了我很大的鼓勵，讓我有勇氣寫出自己的老、周邊人的老、也寫出當年對長輩的不了解，或對他們的辜負，更多的是思念他們的心情。

同學閻太說：「我喜歡你第一本老後，不喜歡第二本，第一本寫得真好。」大家都等著聽她的說法，我更是期待著她的批評。

「因為啊……」她看看同學們：「第二本老後寫了很多病、痛，看了不舒服。」

閻太是個很健康的「老人」，身手俐落，什麼毛病也沒有，看起來頂多七十歲，她一直是很健康的，從年輕到現在……。

可是哪有那麼多幸運的老年人呢？像我，就有心血管的毛病，吃藥已經廿年了，很多人跟我一樣，我們同病相「疼惜」，並不覺得太糟。其他有很多人，有糖尿病、有人腳不靈光、有人腰部長期疼痛、有人沒有「病」，卻一會兒這裏痛、一會兒那裏痛的……閻太真是太幸福了，不知道許多老人是與病共存的。

她說這話的時候，第三本的「老後」才剛出版，應該還沒有到她手上，還好，第三本《還不錯的老後》真的很不錯，沒有太多病痛，應該可以讓閻太歡喜一些、安慰一些。

現在要出版的第四本，書名是《幸福老：高齡的快樂祕密》，寫的人物比前三本多樣化了些，很多不再是老人院裏的老人了，很多活動也不侷限於養老院內的活動了，很多「老」朋友去學「新」東西、學唱歌、學油畫、學書法、學手語，都是很不簡單的「新」學習。

寫這本《幸福老》時，我充分感覺到自己的脆弱，很多篇都是在含著淚的情況下寫出來的，有些篇甚至寫到一半，就淚下如雨，不得不休息一陣子，才能繼續握筆，然後完成後面的文字。

可以說，這一本書更牽動我的心，讓我時時忍不住擱下筆，流下淚，懷念那已過的時光，已離世的父親、母親，曾經的窮困、努力打拚的歲月……。

雖然流著淚，但心中多的是感謝，邁入八十大關的老太太，身體裡還活著從前那個年輕人，接受過許多憐恤，接領了不少愛憐，終於渡過了難關，而今來到了這麼高的「山巔」。

孔子曾說：到了七十，他已「從心所欲不逾矩」。

我都八十了，又曾讀國文系，是孔子的徒孫，更應該以此自勉。

也希望周遭有幸來到八、九十的耆老們，都能珍惜已過的歲月，寶愛現在的自己，更能像孔老夫子般：「從心所欲不逾矩」。

我們是長壽的老人，更是幸福的老人，我未謀面的婆婆在四十歲就走完了她的人生，院裏的好友說，她母親更早，廿九歲就上了天堂。

不管過去經歷過多少酸楚歲月，不管曾經如何窮困無依，來到這個歲數都該心存感謝了。

從呱呱落地、到學習、到嫁娶、到生育、到下一代長成，他們成了家，有了子女，他們成為爸媽了，我們成為爺爺奶奶了。

這其中有多少的淚水和歡笑？有多少的情誼？那絕不是三天兩夜可以說得完的，那絕對可以寫成厚厚的一本書了。

我無法記錄自己的一生，只有擷取其中一些部分放在書裏，和其他人的精彩人生相互輝映。

快樂幸福的我們，更幸運的是：在這髮蒼蒼視茫茫的現在，結交了一些新的好朋友，知心、貼心，共同分享生命的故事。

老了還能有新朋友，有新學習，是多麼愉快的一件事啊，你說是不是？

目錄

作者序
002 以我喜歡的樣子，慢慢變老

輯壹・年紀大了一點，幸福多了一些

016 看看我、聽聽我
022 父女母子
028 不能開口唱的歌
034 那夜的曇花
039 會說話的手錶
045 給清兒的信

輯貳・結伴踏上
夕陽璀璨的單行道

051 看外婆去
057 祝福
063 掰了！我的愛車
069 袖珍字典
075 永遠的聖誕卡
082 幸好
088 那家餐廳
094 快樂相聚
099 方城之戰
104 老來有伴
110 有情
115 相伴
120 對誰說話

126 擁抱
133 陌生的愛

輯參・老而不休，
我的老派活力

140 有緣
146 請問芳名
152 羨慕的心
157 永遠的典範
164 輪椅上的她
169 偶然相遇
176 不亦樂乎

輯肆・做為老人，
喜歡自己的樣子

182 還能瀟灑嗎？
188 更上一層樓
194 忘了？忘不了？
200 漸行漸近

206 包公難斷
213 告示
218 明亮的眼睛
224 為什麼
229 家在哪裡
235 童話
241 午後
247 好好走

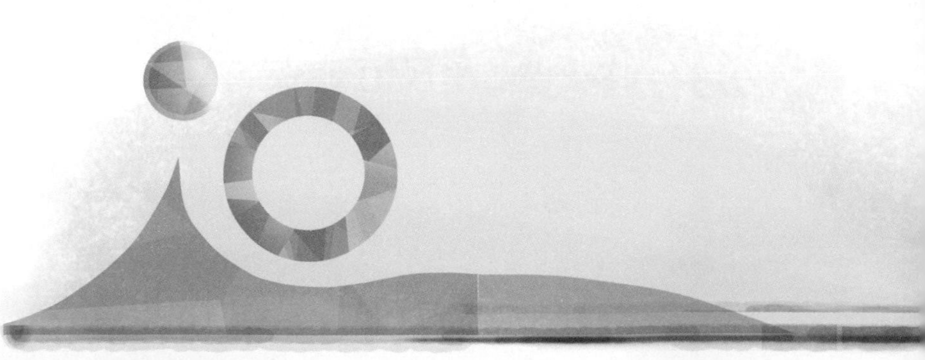

一群人的老後4——

幸福老：高齡的快樂祕密

輯壹

年紀大了一點，幸福多了一些

看看我、聽聽我

因為兒子來訪而快樂的奶奶；因為聽從囑咐而乖乖坐著等兒子回來的老父；因為擔心老爸爸單獨一人初來乍到，即使負傷也要來看望的中年婦女，在在都讓人憶起那首歌。

第一次遇到這位奶奶是在我坐小巴回養老院下車步行回院時。她新來沒幾個月，我根本不認識她，但她卻在大門邊笑著跟我打招呼，我回了她一個手勢，她卻唸唸叨叨地說個不停，什麼車子來了、馬上就又要來了等等，我點點頭，走向院內，走進大廳。

她到底說些什麼，我一點都不懂，我想，這大概也是一個腦筋有點糊塗的阿嬤吧！不然，風那麼大，站在大門邊做什麼？而且衣服不太整齊，上衣是長袖，腳下夾著拖鞋，短褲下兩條細瘦的腿，她那樣站在門邊一邊揮手一邊叨叨唸唸，不是腦筋糊塗是什麼？

第二次見到她，是我在櫃檯邊向工作人員討教一些問題，只見她笑瞇瞇地跟工作人員揮揮手，然後向門外走去。

「送到這裡就好了啦。」工作人員說。

我這才發現阿嬤前方有個年紀比我們年輕許多的男子，正向門外走去，邊走邊回頭說：「妳不用出來，車子很快就來了。」

阿嬤上衣穿得還算齊整，下面卻是寬鬆的短褲和夾腳的拖鞋，她一瘸一拐地追著那男子。

「阿嬤，外面風大，妳送妳兒子到這裡就可以了。」櫃檯的昭小姐趕緊說。

阿嬤笑瞇瞇地看了我們一眼，兒子大步走出去了，她推開門，趕緊跟了出去。

兒子回頭跟她說了些什麼，阿嬤笑著點頭，用手指著大門旁邊。男子用手揮著，彷彿示意她回養老院。阿嬤卻固執地走出去，站到大門旁邊，然後笑瞇瞇地看著男子的背影。

站牌離養老院不遠，有點坡度，短褲阿嬤嘴裡喃喃地說著什麼，有時揮動手臂，大概是她兒子要她進來，她便做手勢要兒子向前走。

「車子馬上就來了。」昭小姐說：「她硬是要看著兒子上車，還要等車子經過的時候跟他揮手……」啊！原來那一次她也是在目送兒子上車，她的唸唸叨叨是對兒子說的，不是跟我打招呼……

「風有點大耶……」我說。

「是啊！」杏小姐說：「但是她是絕不肯進來的，她一定要等車子來了，看兒子上車，車子調頭下山經過我們門口的時候，她還要跟兒子揮了手，才肯進來。」

原來如此。原來，那天她不是跟我打招呼，也不是跟我說車子怎樣怎樣，她是在跟兒子講話。啊！我突然明白了，也知道她臉上幸福的笑意是因何產生了。

院裡新入住的，還有一對父子，父親九十歲了，兒子和他住在一起，為的是好照顧他。

有一天，看到兒子服裝整齊地準備要出門，「老爸呢？」我問。

「他在房裡。」男子微笑地告訴我。「沒關係，我讓他坐在窗子前面看風景，等我回來。」

「沒關係嗎？」我記得看過他老爸走路不穩的樣子，他一個人可以嗎？如果站起來……

「他很聽話。」男子說：「他會一直坐在那裡看外面的樹等我回來。而且我已經幫他換好乾的紙尿褲了，沒事的。」

那天我才知道，兒子是還在工作的上班族，不過他的工作不是需要整天坐辦公桌的那種，所以他可以叮嚀父親，他去去就回來。而他不良於行的老父，真的乖乖地坐在窗前，不吵不鬧地等兒子回來。

幸好有這樣健康、樂觀的兒子，也幸好有這麼乖的老爸靜靜等著，等著他深愛的兒子回來。

來養老院探視父母的，照理應該是健康的兒女，可是，有一天，我卻看到一個六十歲左右的婦女進來，走起路來一跛一跛，手上還綁著繃帶，問了才知道是跌斷了右臂，所以裹著石膏，一跛一跛是前陣子腳痛的關係，我和昭小姐互看了一眼，昭小姐的眼裡滿是悲憫之色，她問了來訪的婦人要來看望誰。

「看我爸。」婦人說：「我爸住XX房。」

來訪者都要經過量額溫這一關，她量過溫度後要上樓，我看著她的手忍不住說：「休息一陣子再來不是更好嗎？妳這樣太累了。」

「沒辦法。」她轉過臉來，噙著淚說：「我先生也叫我現在不要來，可是我爸九十多歲了，我怕他住不慣，一定要早點來看他，我爸九十七歲了耶！」

我知道，我懂。關心老爸，當然要來看他，也要讓他看看自己，所以不願拖、不願等！一首很久以前的歌在我心中浮起：「看看我，聽聽我，……我歡樂為了你，我憂愁也為你……看看我，你不會忘記我。」

因為兒子來訪而快樂的奶奶；因為聽從囑咐而乖乖坐著等兒子回來的老父；因為擔心老爸爸單獨一人初來乍到，即使負傷也要來看望的中年婦女，在在都讓人憶起那首歌。

「看看我，聽聽我……」我是你的誰？你能永遠記得我嗎？

父女母子

父親還是不放我走，他囁嚅地說：「田裡的稻草人是假的，它可以嚇走麻雀，我戴上帽子，坐在妳旁邊，人家看到總是一個男人，我可以當一個『稻草人』。」

在小巴上遇見了他，他向我擺擺手，我向他擺擺手，算是打過招呼了。因為我不知道他姓什麼，只知道他的母親姓陸，我們稱她陸奶奶，他也不知道我住幾樓、姓甚名誰，所以我們每次的見面都只是嗨一下或搖搖手。

他是來看他母親的，幾乎每天都來。

這天的小巴人比較少，我坐在他前面的一個位子，兩個人就聊開了。

我說：「媽媽好多了喔。」

「腿是好多了。」他笑得很開朗：「從開刀到現在，都半年了，應該好了，不過她還是走不穩，好像有點長短腳……」

他的母親在浴室摔傷，把腿跌斷了，動過手術休養了一陣子，兒子便每天來陪她走路。一個身形略胖的大男人，陪著一個矮小瘦弱的老太太，在長廊走過來、走過去……想不注意到他都難。

我對他不禁感到好奇，他不用上班嗎？每天都看到他，有時上午、有時下午，如果有工作哪能這麼輕鬆？後來才知道，他是一家公司的大老闆，偶爾去走動、巡查一下就行了，其他的事都經由電腦聯絡交代。

後來我遇到他，也開過他玩笑，稱他「大老闆」，他笑笑說：「小公司，不是大公司，不是大老闆。」

今天有機會跟「大老闆」坐在一起聊天，老女人我當然會有很多問題想問。

我說：「你媽媽好幸福，有你這樣的兒子常來陪她。」

他洪亮的聲音笑了開來：「她可不這麼想的，妳不知道，我媽是很有威嚴的，我如果說錯了話，或是她認為我做錯了事，我就要被訓話……」

「什麼？」我不相信。一個大老闆聽訓？「真的。」大老闆笑著：「我要站好好的，像小學生一樣，我媽一直唸一直唸，有時候還要我背青年守則十二條，背錯了不行，罰我再唸十遍、二十遍……」

我笑歪了：「你就乖乖地被罰？」

「有什麼辦法？她是我媽，我能怎麼樣？」

那天以後，我就常注意陸奶奶，小小個子的她，原來是那麼威風的虎媽！當然，我不敢透露她兒子說的話，免得害他要聽更久的訓、要罰更久的站。

陸奶奶的餐桌在餐廳最前面，早晨經過她的餐桌，總看到她的餐盤有一顆帶殼的白煮蛋。怎麼？白煮蛋？我們很少吃白煮蛋的，是她自己加菜嗎？「兒子說我太瘦了，非要煮個蛋給我吃。」陸奶奶說。

「妳兒子真孝順！」這是我的真心話。

「什麼孝順？」陸奶奶說：「他傻，雞蛋不能天天吃的……」

我不是她的兒子，我不想聽訓，所以向她搖搖手笑著走開了，心裡當然有著疑問：「兒子這麼好還嫌？您是怎麼了？」

年屆八十，偶爾我也會想到父母親八十歲的時候。

母親對我一直是慈愛有加的，所有的人想起她，都誇她好，鄰居如此，我的朋友與同學如此，我的女兒們更是如此，說到「婆婆」、都懷念她的慈愛。

父親是七十歲以後才來臺北和我們同住，七十多歲時他得了帕金森氏症，愈來愈嚴重，人消瘦，很多能力都退化了。

八十歲時，父親身體更不行了，手顫抖，穿衣穿鞋都要人幫忙。當然，和他在一起，我們都是要照顧他的。某天夜晚，我接到一通電話，是什麼事不記得了，只記得我要開車外出。我急忙穿戴，急忙下樓開車，父親卻攔住我，支支吾吾地不知道說些什麼。我很急，態度一定很不好，但是父親還是結結巴巴地把態度表明了，他說，太晚了，一個女人出去不安全，他要陪我去。

「什麼？每次帶你，我都要照顧你，你陪我去？不是更添我麻煩了嗎？」我在心裡這麼唸，雖然沒有說出來，臉上的表情一定很煩躁。父親卻一再要求，他坐在副駕駛座，可以陪我。又急又惱之下，我的語氣一定很不好，我問他：「你是個病人，你陪我有什麼用？如果真遇到壞人，你能做什麼？」

父親還是不放我走，他囁嚅地說：「田裡的稻草人是假的，它可以嚇走麻雀，我戴上帽子，坐在妳旁邊，人家看到總是一個男人，我可以當一個『稻草人』。」

他的話是結結巴巴地說，我是又急又不耐煩地聽著，後來，我弄懂了他的意思，眼淚差一點噴出來。

我環著父親的肩膀，慚愧地跟他解釋，我不會有事的，要他放心，我一直一直安慰他，說我會走燈光亮的地方，不會有壞人的，我推著孱弱的他回房，而且告訴他：「你去，我會分心，我還要照顧你，是不是？」

父親終於放手，不做稻草人了，他頹然坐下，叮囑我要小心，夜晚一個女人開車是很危險的。

父親歉疚於他的無能為力。而我，坐上駕駛座，發動了車子後，我的眼淚終於忍不住掉了下來。

不能開口唱的歌

蘭蘭帶著我們唱，我帶著大家比手語，大家都跟著我的動作。可是，文文怎麼沒動作？她呆呆愣愣地坐在座位上，不對，她在拭淚，面紙一張一張地濕了……

那時候，我在社教館教手語，每星期都教一首手語歌，所謂手語歌，其實就是將我們平日唱的歌，例如〈小城故事〉、〈友情〉等等，把每一句歌詞用手語比劃出來，就叫做手語歌。

那時候，學手語的學員很多，每次上課座位都坐得滿滿的，他們（多半是女性，男生大約占十分之一、十分之二）很喜歡提供新歌或自己喜歡的歌，讓我教他們手語。因為我真正會唱的歌並不多，所以有人提供歌曲，我都欣然接受。然後把曲目排列起來，每週教一首「新」歌。

記得有一回，學員蘭蘭提供的是客家歌。「老師不會客家歌噢。」我先聲明：「我教了手語之後，妳要自己一個人帶大家唱喔。」

「可以呀！」蘭蘭很有把握地答應了。忽然，她看到後座的文文，指著文文說：「她也是客家人，她也會這一首歌。」

文文在後面搖著頭。

「妳會唱，就一起唱呀！」我說完，就開始教手語了。〈一領蓬線衫〉，由蘭蘭告訴我意思，我照著譯成手語。原來，歌詞內容是母親擔心兒女在外地受寒，特地為他織了一件毛衣的故事。

蘭蘭帶著我們唱，我帶著大家比手語，大家都跟著我的動作。可是，文文怎麼沒動作？她呆呆愣愣地坐在座位上，不對，她在拭淚，面紙一張一張地濕了，她又從皮包裡掏出另一包面紙。怎麼了？她哪裡不舒服了？趁大家跟著蘭蘭唱、跟著蘭蘭的手語比劃著時，我靠近文文，問她哪裡不舒服。

「沒有。」她哽咽著回答我：「老師，我就是不能唱這首歌，我媽走了，我一唱就想起媽媽，就會掉眼淚。」說完，她索性蒙住臉抽噎起來，等她平靜下來後，我同情地拍拍她，不知道怎麼安慰她才好，只能問：「媽媽走了多久？今年？去年？」

她搖著頭，淚珠像線一樣滾下來，然後，她抽噎著說：「六年了。」我被她嚇了一大跳，我想一定是喪母不久，才會情緒這麼激動。怎麼經過六年了，還是不能唱到有關母親的歌嗎？

那時候，我已經五十多歲了，但因為母親還健在，完全不能想像失去母親的痛會是怎樣地痛徹心扉。

母親在她八十五歲的時候走了。我的痛一直在，凡是和母親有關的事情，都讓我痛。

有一回，在老人班，老師發了一首歌，是臺語歌〈阿母ㄟ手〉。唱了前兩句之後，我就沒辦法往下唱了。歌詞裡提到母親的手，沒人比她更美麗更溫柔。

這不就是我母親的手嗎？她溫柔的手，為了養我而操勞，替人洗衣、替人做飯，把那雙美麗的手變成粗糙而裂痕處處的手。過去的辛酸化作眼淚潸潸流下，對母親的回憶讓我無法再唱這首歌。

在老人班，每教一首新歌，大家就要在下一次的課堂上個別演唱一遍，我曾是老人班的好學生，從不缺課的，這次卻為了這首歌缺了課，不只怕自己上臺會狼狽，也怕別人的歌聲引我想起母親而淚流不止。在我上課全勤的歷史上，〈阿母ㄟ手〉使我破了功。

母親走了，五年、十年、十五年……如今已是二十三個年頭了。我上唱歌班，我教手語歌，一切都沒問題，但是我不能教有關母親的歌，我也不能唱有關母親的歌。其他什麼歌都行，愛你愛你、愛我愛我，都可以唱，既不臉紅、也不心跳，只想把節拍對好、把感情唱出來。只是不能唱關於母親的歌。

進養老院後，我也開班教手語，班上只有十來個好學的老學生。其他的人怎麼了？有人謙稱記性不好，有人要去醫院報到，有人則是子女來探望，有的人要睡回籠覺，有的人則是完全沒有興趣。

有十來位學生已經很好了，他們喜歡手語，我喜歡他們。

前幾天，不曾參加手語班的美美遞給我一份影印的歌譜，我還沒看印的是哪一首歌，只聽到她說：「老師，如果妳教這首歌，我要去學。」可惜我不能教，因為曲名是：〈母親您真偉大〉。唱到「母親」就要掉淚的我，怎麼敢教會讓我失態的歌呢？我只能在心裡說抱歉了。抱歉啊美美，我碰不得「母親」二字，雖然喜歡妳坐在手語班課堂上，卻無能為力。

現在的我完全了解文文當年的心情了，我沒辦法開口唱的歌，除了〈一領蓬線衫〉客語歌外，還有臺語的〈阿母ㄟ手〉，還有國語的〈母親您真偉大〉呢！

痛失娘親，是永遠不能觸碰的傷口啊！

那夜的曇花

他很愛我們種在陽臺上的曇花，時時向我們報告花訊，「快開花了，大概這星期內吧！」……

那天，他興沖沖地說：「今天晚上會開花，你們要等著看。」

走出養老院，向右走，順著斜坡上去，有一個很美的社區。不是只有房子經過設計，前庭也經過設計，各家有不同的盆栽或植種，走到最上面街的盡頭時，眼看就要拐彎到另一條路之前，有一戶人家的植栽特別茂盛，花枝繁密伸出鐵鏤門外。

我經常在這裡駐足，因為我看到了讓我想念的花。它的葉子我熟悉，它的小花苞觸動我心，花苞愈長愈豐美，眼看著今夜就要開了。果然，第二天登上斜坡，看到它綻放後的頹花，在其他未開的花苞中，隨風輕擺。

那是曇花。我們住在新北投時也曾種植過。

那一年，父親已八十多歲，走路顫巍巍，吃東西時常常因為夾不住食物而掉落；但是，他很愛我們種在陽臺上的曇花，時時向我們報告花訊，「快開花了，大概這星期內吧！」其實，我們並沒有太在意，聽到他的宣布也只是點點頭，表示知道了，並沒有像他顯得那麼興奮。

那天，他興沖沖地說：「今天晚上會開花，你們要等著看。」那時候，家裡只剩父母親和我們夫婦，父親那麼在意將開的花，我們當然要陪他一起觀賞。

那晚，母親依照她該睡的時間上床，她雙眼失明，看不見我們這麼大的人，當然更看不見窗邊的盆景，看不見將開的花。外子準備了相機，預備在花開的那一剎那留下花影。

十點過了，十一點近了，花苞飽滿潔白，但是並沒有動靜。

「還要再等嗎？」我看看外子。

「等啊。」他說。「就快開了。」

在很多事上，外子都比我孝順，他總是把父母親的話放在心上。這個晚上，他已經做好通宵不眠陪岳父看花的打算。我對花並沒有很大的興趣，何況還要延遲上床睡覺的時間……。

「開了！開了！」守候在盆邊的父親低聲興奮地通知我們。

我跨出陽臺的時候，正看到相機的閃光，純潔無瑕的曇花旁是守候多時的父親。花真的很美，外子取了很多角度，讓父親和花一同入鏡；當然，也有獨照那潔白無瑕、形容不出美麗的花朵。

照片洗出來時，我大吃一驚。

「怎麼回事？爸爸怎麼變得那麼老了？」平常雖然知道他生病，

行動緩慢，但很少這麼清楚面對他凹陷的眼眶、深縮的兩頰，以及半張著、好像時時會流涎的嘴。父親真的老了，在花旁，在那一天的夜裡。什麼時候，他的圓臉消了，成了長形的瘦臉，只有顴骨還撐在那裡，其他都變形了？

看到照片的時候，我完全沒注意花，我被父親嚇著了。

父親是高興的，因為他守到花開。那時已經午夜，母親可能被我們的進進出出吵醒，她張口呵欠地說：「我都睡了幾眠了，花現在才開嗎？」

那張照片，讓我吃驚的照片，我一直留著，不是為了潔白無瑕的曇花，是為了那花旁，當天只著汗衫、消瘦不堪的老人——我爸爸——而留的。

「一直走上去，有一戶人家院子裡有曇花。」香有一天說起。

「我知道，我也走過，看過。」

「他們看到花開了。」香說。「他們」指的是院內幾位喜歡出去走走、看看風景，呼吸山間空氣的朋友。

「是嗎？」我記得，花都開在夜裡，父親還為此等到了半夜呢！他們難道是夜裡出去的嗎？

不過，我沒敢再問。父親在花旁的影像，永遠沒有離開過我的記憶，我怕多說幾句，會引起對父親的思念和我藏在深處的眼淚。

好一陣子沒走過那家庭院了，曇花只會讓我記起盆邊蹲著的老人，為了等花開而天真地望著花苞，等著叫我們出去欣賞的、我老實的爸爸。

會說話的手錶

老三出生後，母親視力已然大壞，她時時抱著小嬰兒看，可是就是看不清楚，抱到窗邊有光線的地方，也是無效……。

母親七十歲之後，青光眼的後遺症愈來愈嚴重，之前還能辨別白天黑夜天晴天雨，後來竟什麼都看不到了。

我們家的大鐘是掛在客廳牆上的，每到整點，鐘便會噹、噹地響起來，母親隔著孫女的房間，細細數著：「一、二、三，三點了嗎？」

「是的。」我回答。

有時候，她沒注意到第一聲鐘響，便漏算了。已經十二點了，她還認為才十一點。

「媽，吃飯囉！」

「這麼快？才十一點妳就弄好了嗎？」

「十二點了。」我們會糾正她：「鐘敲了十二下，您是不是沒聽清楚啊？」

不過，這也是偶爾發生的事。母親的眼睛雖然不好，耳朵卻是一直很好，到八十多歲都還能聽到細小東西落在地磚上的聲音。

母親聽鐘聲辨別時間，她最喜歡傍晚的鐘聲，「啊！四點了，小孩快回來了。」

所謂的小孩是她的外孫女。我生了三個女兒，母親每一個都疼愛得不得了，從來沒有罵過她們或說過她們的不是。但是她的觀念裡還是覺得有男孩才好。我生了老二之後，本來不想再生，想到奶粉、尿布、衣服，想到各種才藝的栽培，兩個孩子，好好栽培就行了。

可是母親一直期望著：「下一胎一定是男孩，有個男孩不是很好嗎？」母親只有我這個獨生女，父親常會望著我感慨地說：「妳要是男孩就好了。」母親為了自己不能生育，都把希望寄託在我身上。「再懷上一胎，一定是男孩。」那時的母親視力還沒太壞，不知道為什麼竟然對下一胎有這樣斷然肯定的猜測。

第三胎又是女兒，小生命都可愛，我們都愛，外子和我都滿意了。可是母親勸我：「再生一胎，這回一定是男孩。」這時候我們清楚地拒絕了她：「媽媽，不是只有生，還要養育、還要教育。」

老三出生後，母親視力已然大壞，她時時抱著小嬰兒看，可是就是看不清楚，抱到窗邊有光線的地方，也是無效。

母親嘆氣，問我們：「老三長得像誰？」像大姊？像老二？還是像爸爸？

母親常遺憾看不到老三這件事，孩子長到三、四歲時，她還在唸著。「妳長什麼樣子呢？外婆看不見耶。」

老三慫恿外婆：「外婆，妳去開刀嘛，開完刀就可以看見我了。」醫師說，開刀也沒辦法恢復視力的。

看不見的外婆，一直是外孫女們的最愛，她從不責備她們，她深深地愛著她們，有時候還責怪我兇了她們。看不見的外婆，一直、一直是外孫女的最愛。

時光荏苒，大外孫女帶著大學男同學回家來了，平日外婆就是第一個被介紹給孩子的朋友。這一次，當然也不例外。

在我們家，外婆看不見是正常的事，沒有人認為這該隱藏，於是男孩也見到了我們家的外婆。

過一陣子，男孩帶來一份禮物要送給外婆。原來那是一支扣在手腕上的手錶，不同於一般的手錶，它是會發出聲音報時的，男孩教母親，只要按了按鈕，它就會說話：「四點十五分。」

太好了，從此母親不需要豎起耳朵聽客廳的大鐘了，不算纖細的手錶，貼在她的手腕上，隨時都可以告訴她正確的時刻。

除了電池用完，我們為她更換之外，它一直是母親的好朋友，溫柔的女聲會告訴母親：「十二點三分」、「九點二十分」，會說話的錶一直跟母親在一起，它和母親是最親密的朋友。

孩子們大了，送手錶的男孩不再來了，女兒們接二連三地出嫁了。手錶一直在母親的手上。

母親八十五歲時生了病，被我們送進療養院，當時在母親床前服務的女孩叫小秋。她好奇母親戴的手錶：「會說幾點幾分耶。」

母親走後，有一回，我有事情經過療養院，院中有人跑出來叫我：「阿姨、阿姨，妳等一下。」是小秋。她跑進去了一會兒，出來時遞給我母親的手錶。

「那天，妳來整理阿婆東西的時候，我忘了，我是另外把它扣在床邊的欄杆上。」

啊！母親的手錶，會說話的手錶，謝謝小秋，我要把它放在我的書桌上，它是母親最後形影不離的東西。

看到它，我彷彿又看到了我愛的母親。

給清兒的信

我拿起釘裝成本的信，才剛翻觸，信的紙片已紛紛落下，我想護住它們的時候，已經來不及了，凡是碰到的都化為蝶，紛紛飛落，父親跟我講的話在淚光中跌墜……

那天，在聚餐的桌上，碧給了我一小疊信。我用疑問的眼光看她，這是什麼呀？

「我整理出來的，上回不是說要把妳們的信都還給妳們嗎？」現在的我們都已經八十歲上下了，這些信是什麼時候寫的呢？

碧、華、娜、和我，十五歲考上女子師範學校後，因為同班，又因為個性相投，從那時候起便成了好朋友。畢業後，很巧地，又成了同事。天天在一起生活，怎麼會寫信呢？

回家後，我迫不及待地打開那些信封，抽出信紙看看自己過去寫些什麼。看了一封後，想起來了，那是民國七十六、七十七年間的事，碧因為夫婿受邀到布拉格講授中國文學兩年，所以舉家搬遷，這信便是那時候的「成品」。

許多忘記了的事，在信中被提起，也才回想了起來，原來，我們的「強說愁」歲月在信箋上一一留下了爪痕。

電腦流行後，據說再沒有人寫信了。訊息一發，天涯海角瞬間收到。誰還去一字一字地寫，然後仔仔細細摺疊好，去郵局黏貼郵票，再投入郵箱呢？

「電腦打字多快！秒間訊息往返。」朋友常提醒我：「寫信，那是上輩子的事了。」

可是也有人感嘆：「電腦打出來的信，感覺上沒有感情耶。」的確，整整齊齊一字不錯，消息是傳得很快，卻感覺少了一點什麼似地。

久居美國的珍讓我得到了一大驚喜，她從美國德州寄來航空信，不是電腦打的字，是她娟秀的字跡，寫了兩頁，滿滿的信紙，報告她已經退休了，她當了祖母，她的孫女多麼多麼可愛。

於是，我們兩人通起信來，是不隨時尚的真正的信，每回接到，都覺得這才是信，是讓我感受到她情緒的真正的信。她也很高興，她說：「這樣才像信，電腦打出來，我總覺得有點像公文呢！」

她說的，也是我的感覺。之後我有很長的時間快樂地在郵局貼郵票、黏信封，然後走到郵局外頭的郵筒前，慎重地看好紅色的筒口，愉快地投下我最近生活的寫照，讓遠方的她得知。

其實，我在很小的時候就開始寫信了。不，應該是開始寫回信吧！寄信給我的是父親，他的信遠從臺東綠島郵局寄出。信封上寫的不是我的名字，是母親的名字，信封背面有編號：平字第一號、平字第二號，不記得寫到幾號，就改「平」為「安」，安字第一號、安字第二號……父親寄來的信是這樣的。

母親認為自己不會寫信，所以都要我回信，她用我的口吻，教我寫信：「親愛的爸爸：我們都好，你在那邊也很好吧？天氣涼了，要注意加衣服……」

我們寄去的信也要編號，和父親的來信要相一致，不同的是，我們要加一個字「覆」，覆平字第一號、覆平字第二號……。

父親的信比較有話好說，他會告訴我們：「天氣涼了，需要買棉毛衫，零用錢不夠了，得便可以寄些來。」或者說：「隊上有些人得了感冒，我的身體還不壞，並沒有被傳染到。」過年過節的時候父親告訴我們：「隊上打牙祭，吃得很豐富，請放心。」

我們這邊的回信總是那幾句，「身體要注意。」、「零用錢還有嗎？」之類，每封都提的話。

後來不知道是誰先想起的，要我把最近的作文寫下來，抄寫在信的後頭，這樣，我們的信看起來就「有料」多了，而且我可以偷懶些，只要問問平安就行，後面的空信紙，就用作文來代替……。

父親在綠島十二年多，因為「受訓」期間表現不錯，民國五十三年北返。我和外子得以在父母親的見證與祝福中於次年結為連理。父親沒有帶任何「行李」回來，當然也沒有把我寫的信帶回來。不過，人回來了，就是最大幸事了。他在那邊得過阿米巴痢疾，讓我們很擔心，一度以為再也見不到面了。能再度重逢，親口叫「爸爸」，已經是大幸事了。

父親從綠島寄回來的信，我把它們釘成一大厚本，一直寶貴地珍藏著。父親去了天國，我幾次想翻看他親手寫給我的信，當年，他跟我說些什麼呢？

我試著讀信，可是一看到開頭那兩個字「清兒」，我就淚崩，沒辦法再看下去。有一、兩次，勉強看了數行，還是很沒用地淚流不止，無法繼續。我真的不懂，信上並沒有特別寫什麼，只是報平安而已，為什麼每一次我都痛哭而看不下去呢？

搬來養老院後，我一個人回老屋整理，看到父親的那一疊厚厚的信，我咬著牙，下定決心要好好地讀下去，父親當年到底跟十餘歲的我說些什麼呢？

這次，不是因為看到熟悉的筆跡「清兒」兩字而哭泣了，是……

我拿起釘裝成本的信，才剛翻觸，信的紙片已紛紛落下，我想護住它們的時候，已經來不及了，凡是碰到的都化為蝶，紛紛飛落，父親跟我講的話在淚光中跌墜，最終，我還是沒能完整地重看一遍當年父親寫的信，還是淚流不止，還是沒能如願讀完父親寫給我的信。

看外婆去

「可是，我為什麼不能語氣好一點？口頭答應他一聲好也可以，為什麼我就那麼笨？我一說完，爸爸就洩了氣，很失望、很失望的樣子……」是的，年輕時，誰都有過不懂事的時候。

女兒來電，「媽，週三有空嗎？」

「什麼事？」

「我想去看外婆，那天下午我可以請休假。」看外婆當然好，我們就約好了那天見面的地點。

其實，每回我們去看外婆，並不是只有外婆，還有外公，還有先生的父親——我未曾見過面的公公，他們都「住」在附近。

母親和父親的骨灰罈比鄰而居，公公的則在他倆的對面，所以每次過去，都可以同時看到三位長者。我們讓樓下的服務員替我們開鎖，於是黑亮亮的罈就出現在我們的面前了。

「外婆。」么女總是輕聲地喚我的母親，然後久久地盯著她在罈上的照片。

「媽媽、爸爸，我們來了。」我輕呼完，轉身向著沒有照片的公公靈罈，更輕地說：「公公，我來了。您兒子腳不方便，不能來看您。」

每次，我們總是停在外婆的相片前最久，女兒說：「我還記得外婆這件旗袍。」然後，我們各自想著心事，心裡悄悄地跟我的媽媽、她的外婆說話。

這一次，我看過了媽媽，再去看憨態十足的爸爸，他的照片是他從看守所出來前，所方為他們每個人照的相，穿著「受訓」時的制服，五十多歲的臉上並沒有很老的樣貌。想到生前母親多疑的忌恨、父親的無奈，我對他們倆說：「媽媽、爸爸在天上要好好地過噢，不要吵架、不要生氣！」

然後，我轉到公公的譚前，對著從未拜見過的公公說：「公公，您的兒子很後悔的一件事就是……」

這真的是憾事。

當時，公公生病住院，外子去探望他。公公得的是什麼病，我一直不清楚，因為當時小姑在醫院當護士，公公的事全是她一手包辦，做哥哥的還在唸書，住的是學生宿舍，所以什麼事都沒承擔過。

公公趁兒子來探病時，悄悄向兒子說：「以後，我跟你住。」

「那是八字都還沒一撇的事。」現在九十歲的外子每回提起這事便哽咽：「我學業未成，工作還沒著落，又沒成親，他要跟我住，住在哪裡啊。」

他現在難過的不是當時的為難情況，而是他無禮的回答。「我說，我自己都還不知道住那裡呢？怎麼有辦法接你來住？」外子說。

「那也是沒法子的事，不是嗎？」

但是，「我可以騙騙他、哄哄他呀！」外子悔恨不迭：「我竟然說，我自己都顧不了了，哪有辦法接你一起？我的工作還不知道在哪兒呢！」

「那是事實，也怪不得你。」我知道那是事實。

「可是，我為什麼不能語氣好一點？口頭答應他一聲好也可以，為什麼我就那麼笨？我一說完，爸爸就洩了氣，很失望、很失望的樣子……」是的，年輕時，誰都有過不懂事的時候。

「不久，他就走了，他一定是絕望透頂而走的。我只要騙他說好，安他的心就可以了，為什麼非要傷他的心？好像就是那一次，他再也沒從醫院出來了。想必是太難過了。」外子說。

公公本來與小姑一起住，把臨時的木板床放在小姑的客廳，白天豎起來，晚上放下來就是床。

公公從中國大陸出來時，只帶了外子和小姑兩人，沒帶妻子、也沒帶另外的兩女一男，他原以為可以回家團圓的，卻客死外地，幸好小姑當護士可以照顧他，雖然窮困，卻還都順利地活到老年。

年輕時，外子很少提及父親，年紀愈大，提起的次數也愈多，最近幾年總是悔恨嘆氣，怪自己太笨、太不懂事，「讓爸爸失望了。」

住進養老院是十年前的事，那時候，外子體力還好，腳腿也還可以，我們會一起上山看他的父親、看我的母親和父親，現在他已九十歲了，行動多有不便，不過提起父親，他總是老淚縱橫，恨自己當年不懂事，傷透父親的心。

外子和我結婚時，已經三十五歲，所以我只見過小姑，從來就沒見過公公婆婆。這些年來，公公婆婆的事被外子一再提起，尤其對公公一直悔恨交加，不斷地提到當年無知的自己、無禮的回答；可是，再也回不去了。

我轉過頭對著沒有照片的公公的骨灰罈說：「公公，他很想您，他後悔當年對您的態度、對您的回答，公公請您原諒他！」

坐在回程的車上，女兒握著我的手：「下次去看外婆，我們可以改在ＸＸ站會合，那裡好像更方便些。」「好的。」我捏捏她的手。

祝福

不知名的伯伯，謝謝您的好意，雖然當年失望過，但如今我可以確定我明白了，您是有情人，是有情的父親、是有情的長輩，您掏出來的紅包袋不是空的，裡面有許多的憐愛、不捨，更有許多許多無言的祝福。

孫子們的小姑姑生病了，病情有點嚴重，聽說在醫院開刀。我去醫院看她，已是手術後的事了。敲了病房門，裡面傳出她的聲音，我才開了門進去。

她動過刀，可是看不出太多疲累，只是她的身邊多了個二十四小時的看護。

我沒有提水果去，因為路途不熟，怕果籃太重。另外，又想不出送什麼給病人才好，只好包了三千六百元象徵祝福的紅包給她。

「李媽媽您真的不用這麼客氣

的。」小姑姑客氣地對我說：「我知道您的好意，心領了。紅包袋我會收下，其他的我不能收。」

她當天沒有把錢還給我，可能怕我會跟她推來推去，畢竟是手術過的人，她得注意自己的傷口。

隔不久是端午，大女兒來養老院看我和她爸爸，除了帶好吃的零嘴和堅果給我們外，還拿出一疊鈔票說：「小姑姑說，紅包她收了，這個她不收。」

這是我第一次遇到這樣的情形：只收紅包袋，只收祝福。

一件久遠的事從記憶中甦醒，那是我十二、三歲的時候。

每年過年，許伯伯家都有很多人來拜年，給他家的小孩子一人一個紅包。母親和我是寄住在他家院子角落小房間裡的寄戶，不過我和他家的大女兒特別要好，所以我總是混在他家的五個孩子中玩鬧。發紅包的時候，我也經常在一旁。

不過，紅包是不會發錯的，客人發壓歲錢的時候總是會在許伯伯面前發，這是老大、這是老二，還有老三、老四、老五，看到我，許伯伯馬上說：「這是別人家的孩子，來玩的。」客人住了手，紅包發過了，他拜年的任務已畢，他們互相大聲恭賀過後就回去了。

那幾年，總會有這樣的情況發生，孩子們拿到紅包，快樂得不得了，在旁邊的我只有巴巴地看。許伯伯是合作社的科長，當然有很多人來拜訪他；父親因案羈留綠島，當然沒有朋友。

有一年客人發紅包時，許伯伯竟然不在旁邊，但是來客當然知道我的身分，那一次，不知道為什麼他發完了紅包，看到我，把手伸進西裝的口袋裡，又掏出一個紅包。

我當時一定樂昏了，接過紅包，馬上回小房間告訴母親，我也拿到一個紅包的事情。母親當然很高興，還帶著幾分不信：「人家也給妳紅包？是我們認識的伯伯嗎？」

「不，完全不認識。」

那就更奇怪了。母親把紅包打開，好高興竟然有人給壓歲錢，也給了在一旁的我。

接著非常遺憾的事情發生了。

「空的！」母親驚訝地說：「裡面沒有壓歲錢，是妳弄丟了嗎？」

怎麼可能？我太高興了，馬上就回到小房間向母親報告的，我哪裡也沒去，就直接把紅包興高采烈地交給母親。

這可奇怪了，母親想了想：「可能他拿錯了，拿到空的，還以為是放了錢的。」

好長一段時間，我都很懊惱，那個伯伯為什麼這麼粗心，竟然拿錯了空的紅包袋？讓貧困的我們由大喜變失望？母親還是心存感謝。

她說：「這個伯伯還是好心的，別人都沒給過妳，只有他，可惜，他拿錯了，竟然拿個空的給我們……。」

很多年過去了，成了母親，在新年發紅包給孩子們，現在成了外婆，發紅包給六個孫子女，更接受他們的父母親送給我和先生更大更厚的紅包。

偶爾，想起那位粗心的伯伯，心裡竟然有了不同的想法。

當年的他應該不是拿錯了，他是「有意」的。當他發紅包時，他注意到旁邊另外一個女孩羨慕的眼光，他應該聽過父親的故事，他心裡有憐憫、有愛，對這個傻乎乎望著他手中紅包袋的女孩，他同情這個父親不在身旁、沒有人給紅包的孩子。可是他也不是富有的人，他不能在預算之外加上其他的開銷，可是他又不忍心看著那個女孩巴望的眼神……。

於是，他掏出一個空的紅包袋，讓那女孩歡喜的眼發亮起來，他沒有多想，之後她會失望嗎？他只是不能控制自己滿溢出來的同情之心吧。

其實，那就是祝福，紅包袋也是要用錢買的，在那個艱辛的年代。

不知名的伯伯，謝謝您的好意，雖然當年失望過，但如今我可以確定我明白了，您是有情人，是有情的父親、是有情的長輩，您掏出來的紅包袋不是空的，裡面有許多的憐愛、不捨，更有許多許多無言的祝福。

謝謝您，不知名的伯伯。

掰了！我的愛車

沒想到的是歲月，它讓孫子、孫女一個個長大了，……孩子們都長大了，駕駛座上的外婆也老了。以前熱熱鬧鬧一車，現在只有外婆一個人，聽著警廣的廣播，靜靜地開著車子。

這輛休旅車已經開了六年了，銀灰色的車身，寬敞的座位，曾經有過歡樂的笑聲。我是捨不得跟它分離的。

但是又何奈？住進養老院已經三年的我，發現自己必須和它說再見了，因為踩煞車和油門的腳漸漸不再像以前穩定，而是輕微地抖著。而且踩的時間愈長，抖的程度就愈劇。

怎麼辦呢？老伴說：「就不開車了吧，反正現在也沒有人需要妳接送了。」

不開車了，就把它賣了吧！我把車開到舊家附近常替我保養車子的小車行前，告訴師傅，我的車想賣掉，幫我估個價吧！

這不是我的第一輛車，從四十五歲開車起，這已經是第五輛車了，最早的一輛是一千CC的小車，輕巧靈便，我每天一早都會洗它的車身，撫摸它輕微的擦傷痕跡，疼惜著它，朋友珍曾經笑我：「哪有人像妳這麼勤勞每天都洗車？」

我也不知道為什麼那麼愛它，是因為每天車上坐的是我的愛女？我買車的目的就是為了送她們上學，怕她們趕車太辛苦。家住在新北投，大女兒讀政大有宿舍住，二女兒讀中山女高，老么則在當時名為北商的五專讀書，為了她們兩人，我買了第一輛車，好每天送嬌嬌女上學，不識路途的我，只認得女兒們上課的地點，還有外子授課的和平東路。

車子開了三年，我們就換車，沒有別的原因，只是擔心不懂機械的我碰到難題無法解決，於是三年換一輛新車，都只是幾十萬的價錢。但新的車輛能讓全家安心，這是無價的、是值得的。

轉眼間，女兒都長大了，一個接一個的出嫁了，不久我升了級，當了外婆。

好快樂的外婆啊！抱著小小的娃兒去公園看人家玩，接著，娃兒會走路了，再來，外婆可以開車載著「表哥」、「表妹」去玩了。圓滾滾的身材、圓滾滾的眼睛，外婆開著車，好得意哦！比載著國王、皇后還榮幸還快樂呢！

再來，又有更小的弟弟妹妹了，外婆的車上好熱鬧啊！這張小嘴說完、那張小嘴講，笑聲一片，坐在駕駛座上的外婆聽著、笑著，忘了自己的年齡。

車子由一千CC到一千二，再來是一千八的福特，縱然如此，孩子們卻長得很快，車子快「擠」不下了。於是換了休旅車，這輛車開得最久，有六年了。外婆期望著歡樂時光可以無止盡地延續下去。

沒想到的是歲月，它讓孫子、孫女一個個長大了，學鋼琴的學鋼琴，跳雲門的跳雲門，還有游泳、還有溜冰刀，或是繪畫、補習功課，孩子們都長大了，駕駛座上的外婆也老了。以前熱熱鬧鬧一車，現在只有外婆一個人，聽著警廣的廣播，靜靜地開著車子。

慢慢地，車子不那麼聽話了，以前踩煞車輕踩就可以，現在竟然有些吃力；腿會輕輕地抖著，天色暗下來時，前方的人車似乎比以前更模糊了……。

車子得賣了，老伴很看得開，他說：「賣車的錢，加上平常養車的費用，大可以坐計程車來回，還划算些。」

好吧，雖然心裡矛盾、掙扎，最後還是決定不開車了，於是，站在修車師傅面前，告訴他：「你估個價吧！」

師傅說：「開了六年的車，賣不到好價錢了。」怎麼會？雖然有六年的車齡，但還沒開到五萬公里！車身外表銀閃閃，「內臟」健全美麗，怎麼可以說賣不到好價錢呢？

我躊躇了好一會兒，真捨不得啊。以前幾輛車賣了，還有新車進來，現在這輛休旅車，賣了就沒了，從此要走路、要坐公車、要搭捷運了。沒有屬於我的車，再也沒有可愛的乘客在我的背後嘰嘰喳喳外婆、外婆地喚著我，搶著報告他在學校遇到的各種事情。

師傅看出我的不捨，他沒有催逼，只說：「車子放在這裡，我去問問看有沒有好價錢。妳過兩天再來吧！」

第二天我就去了，眼巴巴地望著師傅：「您問過了嗎？」

「估過價了。」他像平常一樣親切，說出的價錢卻讓人傷心，「這是最高的價了，沒辦法，車子開一年就折舊一半，何況開了六年。」

年齡已經七十歲，腳會微抖了，再下去不知道還有什麼更不堪的事情會發生……

最後，當然是我投了降，拿著幾乎是原價三分之一的價錢訕訕然不捨地離去。

現在，車子離開我已有八、九年了，每回走在路上或坐在公車上，瞥見同款式銀灰色的休旅車，我都忍不住回頭張望，它是不是我曾經開過的那輛車呀！

袖珍字典

老伴和我住進養老院之後，老伴很看得開：「統統不要了。」他說；可是我看不開，每星期總要回老家一趟，打開窗子，聞聞清新的山裡空氣，然後開始拿一點東西帶回養老院。

在我書桌的前方，有一疊厚厚的工具書，最上頭的是一本小小冊子。封面已破損，書背也只剩「學生」兩個字還看得出，這是我近年來最常查看的字典。

用過了好一陣子之後，我才注意到第一頁上面有鉛筆寫的字「媽媽贈」，是寫在左上方。原來是我買給大女兒的字典，那可歷史悠久了。

翻過兩頁，看到這是世界書局民國四十年七月出版的，有齊鐵恨先生寫的短序。書頁破損，但仍然很好用，並沒有散落，因為有人（應該是外子）用鐵絲穿過書頁，打結在後面。

養老院裡的朋友，若有什麼疑問，都愛來問我，因為只有我有字典、辭典，而且查得到。杏的視力不好，所以她最常來問我，讓我幫她查清楚筆劃，譬如「鑿」、譬如「鬱」，或者是「偃」這個字的意思。我只要翻開這本小字典，便可以答覆杏的所有問題。

好棒的字典，解了我的疑惑以及杏的疑惑。雖然後來有小孫子不用的《東方國語辭典》淘汰給外婆，外婆我還是喜歡先查世界書局的小字典。只有筆劃不清楚、部首難查的時候，才會去查《東方國語辭典》。因為東方這本出版時，已經民國八十八年，比世界書局版本好的地方是，已加了注音符號檢字表，不知道部首，沒關係，用注音去查，照樣可以查到想認識的字。

有時候，會有朋友偶來小坐，看到我在翻那本捲頁的小字典，會覺得奇怪。「妳怎麼用那麼舊的字典？不是還有那本大的辭典嗎？」

「但是，小字典用慣了，我愛用它。」我說。當然，還因為這是以前我買來送給大女兒的，女兒還在上面寫了「媽媽贈」這麼可愛的字眼。

當然，她一定早就忘了這本小字典了，讀了小學、唸完國中，進到北一女，她早已不需要這本小書了。然後，上大學、讀碩士班、唸博士班，她用的是其他各樣的工具書，不同文字的字典，她應該早忘了這本小字典了。

那時候，我們住在新北投，她出嫁之後，許多小時候的讀物都留在老家，包括這本小字典，她只帶走了鋼琴，其他的東西就留在爸媽家裡了。

入住養老院前，我們決定和所有的家具、書籍道別，養老院的房間只有十坪左右，容不下在四十坪房中輕鬆過日子的「它們」，我們必須割捨。

若不是社工琪小姐的一番話，我們也許早就把一切的過去都捨了，四十坪的房子一定馬上賣出。但是琪小姐勸我們，不要那麼著急，房子不住了，也不必急著賣出，擱個三、五年，想回去住的時候，還有家可歸。

老伴和我住進養老院之後，老伴很看得開：「統統不要了。」他說；可是我看不開，每星期總要回老家一趟，打開窗子，聞聞清新的山裡空氣，然後開始拿一點東西帶回養老院。

我們離開老家的時候瀟灑，幾乎是「揮一揮衣袖，不帶走一片雲彩」。可我一個人坐下來，環顧舊家的一切，竟然瀟灑不起來。

我把孫子、孫女的照片從相簿中取出，把父親和母親的照片珍重地包了起來，以前在復興公園練「五行八步」的木棍也捨不得地塞到背包裡。什麼時候把留有大女兒字跡的舊字典也帶來養老院的？根本不記得了。

老伴總是說：「什麼都不要了。」但看到我帶回來的東西還是不免歡喜：「啊，幸好被妳發現了。啊，還有我第一年教書時學生的照片呢！」

在養老院住了四年後，終於忍痛把房子處理了。以後，養老院就是我們真正永久的家了。

視力不好的我，配了老花眼鏡，又因為抽屜裡有橘子般大小的放大鏡，還有這本萬能的小字典，我在眾老人面前彷彿還有些功用，偶爾還能夠解解眾人的惑。尤其是杏，她經常看《論語》、《孟子》、《大學》、《中庸》，原文是很大的字，不會讓她困擾，但註解的字就不一樣了，因為字數多，就有比較密、比較小的字，比較容易有看不清的困擾。於是，我的寶貝小字典就派上用場了。

快要七十高齡的「它」，只是表面上有些濁色，外皮有些許破損，翻開來絕對是滿腹經綸，不論大字、小字、注音，都如當初一樣清清楚楚毫不含糊。

它真是我的好伴侶、好顧問，為我解惑、為我的朋友解困擾，它雖然年紀大了，卻一點也沒有失去它的功用。我也希望自己像它一樣，雖然老、雖然殘缺，還是能貢獻出自己一份心力。

永遠的聖誕卡

我是父親思念的女兒，她的小兒子是她最想念的，於是把小兒子交給同為思想犯的「朋友」的女兒「照看」，應該很感安慰也相信我會真心看待她的和中吧！

每年的十二月中旬，我都會收到和中的聖誕卡，住在新北投的時候如此，住進養老院後也一直如此。

我並沒有特別想到什麼，只是每次收到他的卡片時，外子都會驚訝地說：「這麼多年了，這孩子一直記得妳。」

今年我又收到他的卡片了，他告訴我，他六十八歲了……。

久遠的往事，從塵封中被挖掘了出來，那是我進啟聰學校任教的第二年吧！父親從綠島寄回來的信中特別提起了一件事，他說，有位同為「新生」的女士，她和她的先生都在綠島，女士姓黃，聽聞我在啟聰學校任教，滿心希望我能去看看她失聰的小兒子，他名叫和中，在小學三年級忠班，父親信上說，黃女士特別惦記牽掛這個不會說話的幼子。「妳若得便，可否去看看他？」

我去三年忠班問當時的林導師，哪位學生是和中，林導師帶我過去，用手語介紹了我給他，並且告訴他，他的母親和我的父親彼此認識。之後，有空的時候我就會去看看他，我也瞥到他向其他孩子比的手勢：「我媽媽認識她，她是我媽媽的朋友。」

啟聰學校從小學一直到國中、高職，是十二年一貫的教育，我一直沒有教到他，但是我們常常會在操場上見到面，有時也會在走廊上遇到，我只微笑向他點頭，他就羞澀地笑著走開了。

我並沒有給他實質上的任何幫助，但是黃女士總是向父親道謝著說，有我的照顧，她放心多了。

黃女士什麼時候回到臺北的？確切的日期只有和中知道了，黃女士獲得「新生」回到北部時，和中特別帶母親來看我，他的母親千道謝萬道謝，感謝我替她照顧了兒子。

我什麼都沒做，真的。可是黃女士緊緊牽著和中的手，一再向我敬禮，一再向我道謝。

之後，每年的聖誕節，我都會收到一張明信片，上面密密麻麻寫著感謝的字句。黃女士用明信片代表耶誕卡寄給我滿滿的祝福。好多年過去了，我一直收到明信片，一直收到黃女士的謝意，感受到她對兒子滿滿的愛。

什麼時候開始明信片停了，換成了和中的卡片呢？應該是黃女士被送進長照中心的時候吧！她一定叮嚀過兒子，不要忘掉母親一心感謝的對象，不要忘了曾經照顧過你的老師！

和中每年聖誕節前一定寄卡片給我，卡片空白的地方寫了問候語，問候我、也問候外子，他會報告自己的工作情形，也會祝我們身體健康。從聖誕卡片上，我知道他換了工作，我曉得他在學校當工友，大家都對他很好；從聖誕卡片上，我聽到他退休的消息，六十五歲退休，今年他六十八歲了。

每年聖誕節，我一定會收到他的祝賀卡，從來沒有缺過，我以為這是他的「好習慣」。雖然離開學校之後沒有見過面，但每年十二月他一定寄來祝福。今年收到可愛松鼠圖樣的卡片，裡面他寫了一些感慨，我才恍然大悟。

卡片上寫著：「以前媽喜歡每年一次寫聖誕卡給您，繼續到民國七十九年媽去長照中心，民國八十三年七月三十一日媽走了，我代替媽寫聖誕卡，每年寄給您……我很開心……。」

原來，原來，我忘了的一切，漸漸浮上心頭：和中是個老實的孩子，母親愛他，他知道；母親交代他的事，他都謹記遵行。我沒有特別照顧他，但是他母親的感謝讓他覺得我是該感謝的人。於是每年的耶誕節，不擅表達情感的和中，規規矩矩地選卡片、寫地址，貼上郵票寄來給我。

他在做這一切的時候，相信心中更多的是母親的身影，他遵守對母親的承諾，「要謝謝照顧過你的人」。

其實，我哪算照顧他呢？啟聰學校有宿舍，很多孩子住在宿舍裡，他們的零用錢都在導師手中，需要買福利社的什麼東西，可以向老師領取零用錢，許多的日常生活都是導師和舍監包辦的。

他的母親只是因為認識了同在綠島服刑的我的父親，所以覺得彼此之間特別親切。我是父親思念的女兒，她的小兒子是她最想念的，於是把小兒子交給同為思想犯的「朋友」的女兒「照看」，應該很感安慰也相信我會真心看待她的和中吧！

其實我哪有真正做過什麼呢？

輯貳

結伴踏上夕陽璀璨的單行道

幸好

他先感慨說，我們都老了，說自己的老態，眼睛乾澀，頭髮懶得整理，小字的書看不得，出門還得拄著杖才安心，幸好有你這樣的老朋友在，又談得來、又情意重。

「老了，老了。」經常聽到比我小一輪的中年人這麼說。怎麼個老法？怎麼竟在我這個「前輩」面前大呼「老」？那我該何以自處？

「眼睛啊，常常澀澀的，看書看不了幾頁，眼睛就痠了。」那倒是真話，不過她也太快了點，以前的我，除了近視並沒有太多的不便，後來白內障愈來愈嚴重，八十歲才去換了水晶體。

「還有，肌肉都不見了。」她向側伸長手臂，在自己上臂的下方搖搖臂肉：「女兒最愛玩我的這一塊了，『蝴蝶袖！蝴蝶袖！』她總是一邊搖一邊笑。有夠煩的！」

那也沒辦法，肌肉要鬆弛能奈它何？我們年紀更大的更糟，不只是蝴蝶袖，還有老人肚、老人斑、老人味……。

「什麼是老人肚、老人味？」她看看我臉上或褐或黑的贅粒，知道那是老人斑，卻不知道另外兩種。

我們正在一個老人群聚的場合，有很多上了年紀的人們，坐在椅子上欣賞前方舞臺上的表演，也有人站起來，兩腳摩擦著地板，小步小步地走著，想是要去「排水了」。我指著左前方一個爺爺，右後方一個奶奶，「妳看，肚子大不大？」

「還好啦，肚子大了些，人太瘦了。」這就是了，肚子挺高高的，其他部位都瘦瘦小小的，這不就是「老人肚」嗎？不協調啊。

至於老人味，我正要說明，她舉起手表示知道了，她說：「我剛才在電梯裡，跟好幾位老人家一起上來，有一個味道特別重，那就是妳說的老人味吧！我憋著不敢呼吸呢！」

那就是了，味道不是噴上去的香水，是身體自然散發出來的。當然，有時候還伴隨著尿騷味，是他們失禁時候噴出來的一星半點，他們習慣了自己的味道，而且嗅覺漸漸地不靈光了，所以坦然地跟大家站在一起，不曉得有人因他的味道而憋著氣呢！

「老了，真不好。」小我一輪的「老」人說。

誰不知道！但是又奈何。

「妳的髮量看起來很稀疏噢。」突然她注意到我的痛處了。「以前就這麼少嗎？」

不想提都不行，這傷心的事。「以前是比較少啦，現在老了掉得厲害，快掉光了。」

「妳可以戴一頂好看的帽子！」不行，我的頭怕熱，再薄的帽子也覺得悶熱，只好醜相畢露，宣告「頭上無毛」的殘酷事實了。

「老了，真不好。」不知道是不是同情我，她又唸起這句「老話」來。

「老了，有朋友就還好。」我說。真的，朋友多麼重要啊，尤其在漸漸凋零的環境中。

所以我每週和老同事相聚一次，固定的地點、固定的時間；每個月和老同學會面一次，訂在每個月第一個星期一，大家都牢牢記住，互相叮囑：「一定要來啊！」還有寫作的朋友，三兩個月見個面；合唱團的朋友，半年至少見個面。

要是沒有這些會面，沒有這些朋友，老年的確是「不好、不好，太糟、太糟」了。

想到最近看過的報載，白居易老年時寫詩給同年的好友劉禹錫，他先感慨說，我們都老了，說自己的老態，眼睛乾澀，頭髮懶得整理，小字的書看不得，出門還得拄著杖才安心，幸好有你這樣的老朋友在，又談得來、又情意重。

是呀！有談得來的「老」字輩朋友真好。談談自身的病事，說說自己新近的糗事，不怕被笑，還可以得些安慰，真好。

有一次，心情不好，打電話給一位很有智慧的朋友，她的話點開了我的煩惱……

「看事情有兩種，只有半杯水和還有半杯水，妳是怎麼想的？」

我聽她解釋，只有半杯水，是悲觀的看法；還有半杯水，則是喜樂的。不是沒有了，也不是「只」剩一滴滴了，而是「還」有，是有、不是沒有。「就看妳怎麼想了。」比我大六歲的她笑笑地說：「還有耶、是還有。」

真好。我忽然覺得自己也開竅了，很高興經常可以這裡坐一坐、那裡談一談，有時說自己的苦惱，敘自己的病痛，訴自己的寂寞，或者聽別人的煩憂。

談著、談著，寂寞不見了，病痛忘了，苦惱？在笑聲裡，有什麼苦惱也都遁形了。

老了！老了！還好，幸好，有老朋友。

那家餐廳

我們三個人加起來的歲數，是兩百二十四歲。得意的是：我們認識了不只五十年，對彼此的了解還真不是普通的多。現在的我們，每週約會一次，約在一家西式的牛排館。

我們三個人加起來的歲數，是兩百二十四歲。得意的是：我們認識了不只五十年，對彼此的了解還真不是普通的多。現在的我們，每週約會一次，約在一家西式的牛排館。我們不吃牛排，吃的是中等價位的沙拉吧！

這家餐廳受我們喜歡的原因是它可以長坐，通常我們可以一直坐到下午三點，雖然還有話未盡，但已經比其他餐廳好上許多，大家都吃得高興、談得開心。

其中最年長的是我，然後是

小我四歲的葳，年紀最「輕」的小我九歲，是年方七十、頭髮卻比我更白的秀。

我們有說不完的話。那天她們兩個一起坐捷運來，有人讓了座，竟然也是好話題。

「一上車，那個人就站起來讓座給我！」白髮的秀不平地說。現在的年輕人這麼懂得敬老，這是該欣慰的事啊。

「她比我老耶。」秀有點不服氣，人家好意讓她，是因為她滿頭白髮，她卻好像有點受傷，指著染過髮大她五歲的葳說：「她比我老呀。」

「妳就坐下嘛！」我有些啼笑皆非：「幹嘛要洩漏別人的年齡。」有些話我沒說出口，葳化了淡妝，看起來沒有老態，誰叫妳不染髮、不化妝，人家讓妳，妳還自尊心受傷？

我們在一起，什麼話都坦白說，像這樣的話題也不只說過一次。

有一回，秀說：「今天有人讓位給葳了。」這樣好像讓她奪回了一些面子似的。

其實，我也經過那個階段的。剛開始，有人讓座，我是惶恐的、羞赧的，因為沒有打算讓人知道我是「老」人家，卻被年輕人禮讓，被他們看穿年齡，叫人很尷尬。後來，尷尬多次後，才接受了事實。以為自己身手還矯健，頭髮只有花白，並不全白，以為年輕人會認為自己是同齡層？少呆了，起初我有些不好意思地坐下，後來就漸漸習慣。現在我可以大大方方地說「謝謝」，然後坐下。八十歲了，裝什麼矯健呢？

有一回我看到矮個子顫巍巍的老奶奶上車，坐博愛座的我，毫不遲疑地站起來讓位，誰知道瘦小個子的她向我敬禮道謝，嘴裡直說：「您坐、您坐。」然後去坐了另一個讓位人的位子。她覺得我也老了，不該坐我讓的博愛座嗎？我覺得她比我老呀！

秀聽了大笑，她說，她上車也有老人讓位給她：「他看起來比我老弱，怎麼可以讓我？」

總之，大家都是好心，不管誰比誰弱，接受好意吧！

我們喜歡這家餐廳，不只因為可以暢所欲言，更喜歡他們的菜餚蔬果點心種類繁多，有時候盤子空了，別擔心，一會兒他們又會補上，而且是豐豐富富地補上，一點兒都不吝嗇。

我最愛吃他們的炸雞，又香又脆百吃不厭；秀喜歡南瓜濃湯和薯條，平常在家不可能做這些來吃。來這裡可享受了，像青少年，滋味無窮地把薯條一根一根往嘴裡送！葳最愛這家的炒米粉，每次來都一定要端回至少半盤的米粉。

「好吃，今天的米粉特別香，比我自己炒的還好吃。」想了想，又說：「如果還有米粉我還要再要些，味道真好。」

我們各取所需，總是吃得津津有味，有時候，發現了新目標，還會彼此相告，「今天難得有炸小魚噢，肚子裡有很多卵的那種。」

餐廳的水果也很多，切得很漂亮，鳳梨、西瓜、橘子、奇異果、葡萄柚……在燈光下閃著誘人的色彩。

每週去一次，連服務員也認識我們了，我去點餐的時候，他們還會告訴我：「妳的朋友已經來了噢。」

不但如此，我們還可以認識別桌的新朋友呢！因為秀特別喜歡小孩，有一回，鄰桌的阿公阿嬤帶了個可愛的約三、四歲的小孫女來，秀跟小朋友打招呼，連帶我們兩桌也成了朋友，去到餐廳都會張望一下：「那個小女孩跟她的阿公阿嬤有沒有來？」如果剛好遇到了，大家會很高興地打招呼，彷彿見到了老朋友似的。

三人行必有我師，秀會把她看過的歷史小說講給我們聽，葳會拿出手機秀給我們看她的新攝影作品，凡是新的經驗、新的故事，我們都彼此分享，好快樂的三人行，好愉快的一餐。

「好喜歡這家餐廳噢。」秀說。

「他們一點都不吝嗇，菜沒了，新的一定很快再補上。」這是葳的觀察心得。

我看看四周用餐的客人，很欣慰地向她們報告：「今天客人又多了起來，上一回，少了些人，沒坐滿……。」秀大笑地指著我：「妳擔心他們生意不好會關門，我們就不容易再找到這麼好的地方了。」

好朋友，妳說對了。

快樂相聚

好朋友夫婦莊和珍從美國回來，好高興大家又可以見面了。搶著作東的是珍的弟弟，姊姊和姊夫從遙遠的德州回來，他每回總是搶第一請我們這些他姊姊的好朋友們。

好朋友夫婦莊和珍從美國回來，好高興大家又可以見面了。搶著作東的是珍的弟弟，姊姊和姊夫從遙遠的德州回來，他每回總是搶第一請我們這些他姊姊的好朋友們。

這回在南京西路的大餐廳。十四個位子的大桌子，只坐十二位，好寬敞的地方！整面的玻璃窗外是公園的大樹綠蔭蔽天，好美的景致！

外子因為腿一向很容易麻，所以甚少出門，許多老朋友的事都由我看過之後向他報告。今天我第一個到，一個人享受著香濃的熱茶，等著其他的「老」朋友。

繼我之後，最早到的是袁，他中過風，行動不便，耳朵又失聰，每次到哪裡都有外籍看護陪著，今天卻只見他一拐一拐的單獨身影。

「你的看護呢？」我喊叫著問他。

「不讓她來，她的中文不好，講不清楚的。」

「又沒有要她說話，只是你需要人陪啊。」他搖頭：「我沒關係，看到珍和莊，我就好了一半。」那倒是真的，袁對莊和珍夫婦倆好，沒話可說，只要他們對他多看一眼，他就會高興半天。

再來的是中過兩次風的施，身子佝僂著像對折過似地，臉瘦得只有以前的一半大，兩頰的肉都凹了進去，他一拐一拐地進來，我馬上告訴他，叫他坐我旁邊。其實這是昨天晚上珍打電話給我，讓我這樣安排的，珍說：「他手腳都不方便，坐妳旁邊，麻煩妳照顧著他點。」

請客的主人夫婦也來了。一進來就聽到主人爽朗的聲音：「去年我心臟動過手術，醫師說再也不能喝酒了。」

「怎麼回事？」我望向理了短髮的男主人，瘦了些，但精神挺好，以前無酒不歡，真的從此不能喝酒了嗎？

他邊笑邊入座：「動過手術，我問醫師，『以後完全不能喝酒了？』醫師說：『可以喝一點。』」以前豪邁不羈、千杯不醉的他，只能喝「一點」了？

「醫師看我好像很失望，他說，沒關係，喝『兩點』也可以。」

「喝兩點有什麼意思？」男主人的圓臉笑著：「現在我的朋友變少了，誰要跟我吃飯？不喝酒怎麼成？」

旁邊坐著的女主人微微笑著。記得以前她埋怨過先生應酬多，總是大魚大肉，不懂得愛惜身體。「從前屬於大夥兒的先生，現在可專門是我的了。」我想像她微笑的意思，替她配上心底話。

然後，是好朋友夫婦莊和珍來了。莊的心臟早就裝了好幾支支架，他還能不辭千里勞苦地坐飛機回來，真叫人佩服。珍更是各種毛病都有，胃酸逆流、心臟不舒服等等，要是我一定不敢坐飛機，不管去哪裡。可是他們夫婦倆卻能相互扶持，越過那麼遠的距離回來了。珍還比我大上五歲呢！想想又感謝又佩服。

最後來到的是依然高大壯碩的呂老爹和他依然韻味十足的夫人，除了大包小包要送給遠客的禮物外，還揣著一瓶酒。

一看到酒，反對的聲浪就起來了。「不能喝，不能喝，我心臟動過手術……」

呂老爹笑吟吟地解釋：「成分很低的，絕對沒問題的，誰都可以喝的。」可是他的話卻起不了多少作用。

女眷五人，當然是不喝酒的。中風過的、不良於行的老弱，當然也不能沾滴。剩下的是心臟動過手術，醫師說可以喝「兩點」的主人。

酒主人要為他斟杯，說：「兩點就兩點嘛！來，我們喝！」

「不喝，不喝！今天我還要開車呢！」主人笑著推辭：「喝『兩點』有什麼意思？乾脆不喝也罷。」

雖然席間無酒，但這真是一次愉快的聚集，千里之外來的老友，可以相聚暢談。坐在大餐桌上，服務人員端上烤鴨，接著將鴨肉夾在麵餅裡一份一份分給大家；清蒸鱸魚上桌了，小姐端到一旁去刺，再端上來給大家取用。

好快樂的一餐，雖然多半是老弱殘兵，雖然不能暢飲，但是好久沒有這樣的快樂相聚了。

方城之戰

在梅家打牌完總有一餐美食，梅在前一天便準備好，有時是大餛飩，有時是牛排，有時還弄個美味的菜飯，梅總是用著心思準備我們四個人的一餐。在歡笑聲中，輸贏並沒有人太在乎，在意的是下個星期哪一天再聚。

當時，我們大概才四十多歲，有一天，朱對我說：「清，我們什麼都不會，老了會很無聊。」

「那怎麼辦呢？」

「我們該學打麻將，老了才有娛樂活動。」好呀！像我這麼無趣的人，是該學一學可以跟別人互動的遊戲。

於是，我們約定，六十歲要一起學打牌。但是這個約定卻在五十歲那年被我打破了。

那年，五十歲的我，和一些朋友在一起，她們會打牌，我卻不會，因此時時有怨怪之聲，「怎麼也不學一學，很好玩的！」三說四說，我就跟著上桌了。

頭幾次都是在艾家，她家有牌桌，是放在櫥櫃裡，我們去了，她才開櫃搬桌。我第一次上桌，完全不知道怎麼打，她們說：「不要的就丟嘛，其他三張可以連的，或是三張一樣的留下來就好了。」

我手忙心亂，又來不及看別人出的牌，常常對家把牌拋出來，我卻來不及看是什麼，我問：「妳打什麼？」對方卻昂著頭說：「自己看！都在桌上了。」

慌張而初學的我，當然是輸家，而且不懂得拒絕，她們約定下一個日期，而且千叮萬囑我一定要到，不然她們就不能成局，我也乖乖地答應了。

傻傻地輸錢，還是繼續玩下去，因缺了我，這遊戲就玩不成，無論如何，我的分量還是不可輕覷的。我當然不能辜負了主人以及另外兩位的美意囉！我還是出席牌局，還是輸家，不過總不在意。

有一回，牌局結束，主人是輸家，輸得似乎很慘，因此她氣得破口大罵：「以後不要來我家打牌了。害我腰痠背痛。」

這是我第一張接觸的牌桌。

後來是梅夫婦邀我們夫婦上他們家打八圈。外子從小耳濡目染，他是會打牌的，我可能「基礎」不行，所以也還是連連輸敗。

在他們家玩牌是快樂的，他們有麻將間，一去就可以上桌，不用拖椅子、擺牌尺忙個半天。還有，在梅家打牌完總有一餐美食，梅在前一天便準備好，有時是大餛飩，有時是牛排，有時還弄個美味的菜飯，梅總是用著心思準備我們四個人的一餐。在歡笑聲中，輸贏並沒有人太在乎，在意的是下個星期哪一天再聚。

然而，愉快的時光卻被意外斬斷了，梅的大兒子在美國出了車禍。從此我們不再去新店的梅家，因為梅傷心過度，得了不治之病，我們有時候去醫院看她、有時候在外面餐廳聚聚首，誰也不再提起麻將桌上的一切了。

過了一陣子！我們去天母的薇家作方城之戰了，薇的先生廚藝一流，從牌桌上下來，便直接到豐盛餐點的餐桌上。薇的先生不但精心烹調，還注意到每個人不同的口味，愛吃魚的外子，在他們家不知道享受過多少最新鮮現撈的赤鯮、白鯧、鱸魚、鰻類，嗜淡的我也享受到他特別料理的好吃茄子、魚片、肉片等等。

那時候，我們已經住進養老院了，每週有一次的大餐享受，很讓別人羨慕：「又要去吃好料了？」

在薇家打牌，有個插曲。有一天，不知道朱怎麼知道我們每週二的聚會，她不請自來，都是同事嘛，大家也都歡迎她。沒想到，要她上桌時，她不肯，還用手指著我，向其他人控訴：「清和我本來是六十歲才要學麻將的，沒想到她提前學了，現在七十歲了我還不會，這都要怪清。」

對這牌桌前的控訴，我也只好誠心道歉，真的是我提前開跑了，壞了約定。

去薇家三、四年後，外子的腿出了問題，腰椎也有毛病，不能長征天母了。於是，不能上薇家的牌桌了。當然，更不能享受到她先生的烹調，和她用心烹煮的白木耳、紅豆、綠豆等等甜湯了。

牌桌上的歲月，雖然遠去，愉快的相處時光，還是駐留我們的心底，永遠難忘。

老來有伴

我很高興在晚年認識了許多伴，有的是同進膳食的伴、有的是同做運動的伴、有教會裡教徒的伴，還有一同觀賞表演的伴；總之不孤獨、不落單，有互動，應該是最讓兒女放心的好事。

每年過年，我們固定有幾位訪客，其中之一是鄭先生。

二十年前，我們的房子想要弄得漂亮些，於是經友人介紹認識了鄭先生。他帶著他的工作小組，每天到新北投半山腰為我們將二十多坪的房子整理成風味十足的別墅。

每個人來我們家，都欣賞極了紅磚頭砌成的拱門、地上的義大利大理石地磚，窗外則是一覽無遺的大自然。外子極為喜歡，因此和鄭先生變成互相欣賞的老少之交。

我們搬到養老院之後，鄭先生

也會照例在年末前來訪，帶來年糕，祝我們身體健康、新年愉快。

鄭先生的家，我們也去過，專長建築設計的他，房子當然比一般人的都更有味道、更讓人欣賞。我在欣賞他的房子之餘，更喜歡他養的三條大狗，他為牠們專門蓋了住房，每天帶牠們散步。那時候我們家也有狗，是隻名叫「荳荳」的中型土狗，因為狗，鄭先生和我們總有說不完的養狗經。

後來，狗兒們漸漸老了，荳荳應該是最先走的。牠奄奄一息的那天，我不敢抱牠去獸醫那裡，是由很少帶牠的男主人抱去的，回來後他告訴我，獸醫答應幫牠安樂死，也會讓牠像人一樣燒成灰，放在狗的公墓裡。男主人感觸很深，傷感的他寫了一篇紀念荳荳的文章，發表在《聯合報》的繽紛版，題目為：〈老人送老狗〉。

同樣愛狗的鄭先生和我們一樣，一談到狗就會有許多的話題，他家的狗很多，他會分享哪一隻比較兇、哪一隻會搶食、哪一隻愛撒嬌，我們都聽得津津有味。

每一次見面，問候完了人、就問候狗：「牠們怎麼樣了？」「大麥克走了。」鄭先生說：「另外兩隻，也漸漸老了。」每年我總不忘問問他家的狗，今年，當然也是如此。

「剩那一隻老賓士了。」鄭先生感慨地說：「牠整天懶懨懨的，成天在睡覺……」

忽然，他又高興了起來：「今年五月，我們另外找了隻狗回來。」養狗人家，沒有狗肯定不習慣，「那麼是什麼樣的狗呢？」

「去抱牠的時候，牠才三個月，算起來，現在差不多快一歲了。」

「兩隻狗相處得來嗎？」

「老狗整天趴著，懶洋洋地一動也不動，小的很皮，跑過去抓牠一下，跑過來又動牠一下……」好好玩，我心裡描繪出那樣的畫面，「老狗都不理牠嗎？」我問。

「老狗會有反應。」鄭先生笑起來：「我們的計畫成功了，本來買那隻小狗就是為了陪老狗，牠跑過來跑過去，抓牠一下、踢牠一下，逗得老狗比以前有反應了。」這真是個好方法，我不禁想起在荳荳老年時期，我怎麼沒想到給牠找個伴呢？

原來不管是人是狗，年紀大了，能有些活動總是好的，即使是頑皮的伴也無妨。

我很高興在晚年認識了許多伴，有的是同進膳食的伴、有的是同做運動的伴、有教會裡教徒的伴，還有一同觀賞表演的伴；總之不孤獨、不落單，有互動，應該是最讓兒女放心的好事。

記得，剛進養老院不久，有一天，有人往我面前一站，叫了我的名字。沒錯，我是這個名字，這位爺爺怎麼知道的呢？他說：「妳還沒記起來嗎？妳在舊莊服務過，妳忘了我嗎？」我真的不認得他了，十八歲進舊莊，到現在至少半個世紀了，他是……

後來聊了起來，我才想起他是教導主任，年輕時的我怕極了校長、主任這些面帶威嚴的人士，因此從來不敢認真地看過他們，沒想到進了養老院，竟然遇到了，竟然成了無話不說的朋友。

有的人更妙，她倆是親家關係，一前一後地住進養老院，兒子的母親和媳婦的母親；進餐時候、運動時候，兩個人總會遇到，特別親密、熱絡。

還有人一搬進來就驚呼：「哇！那個是我四十年的鄰居，真好玩，我們又碰到一起了。」老鄰居又成了新鄰居，雖然樓層不一樣，但是感情比過去更密切了。院裡有什麼活動，「老」的會帶「新」的去參加，逢人就說：「好妙噢，這是我以前的老厝邊，我們真是有緣，你說對不對？」不管是人是狗，老了都喜歡有伴，新認識的也好，舊識當然更佳。

我送鄭先生走出大門，因為他的車子習慣停在路邊。他換過幾次車，我都知道。他總會告訴我每輛車是怎麼來的，今天他突然停了腳步，說：「妳會嚇一跳。」

為什麼呢？我還沒開口，就看到了讓我嚇一跳的車。

「跟妳的那輛車一模一樣。」鄭先生說。

有一瞬間，我還以為他開著我的車呢。跟我之前的車真的一模一樣，也是七人座，也是銀灰色，也同一個廠牌。要不是他那時候常進出我們家，哪會知道我開的是那一類型的車呢？

鄭先生的車開走了，我心裡感慨萬千：老朋友，有共同的經驗當然最好，如果友伴逐一凋零，就只好在養老院認識新的朋友了。

有情

不管怎麼樣，有人同病，彷彿加添了些安心的感覺。現在輪到這兩位爺爺了，我想他們一定也跟我一樣，有些同病相惜的感覺吧！至少有人跟你一樣，不會特別孤單、特別寂寞。

下樓等開飯的時間最熱鬧，餐廳門還沒開，大家就聚在大廳，有說有笑。

幾個爺爺在那邊談些什麼，我走了過去，一個爺爺向我招招手，他是學手語的學員，我們比較熟，好說話，又不拘禮。我過去等他告訴我什麼，他指指一個壯碩約九十公斤的爺爺，又指指一個精瘦的爺爺。

「妳看，他們全開了白內障。」

可不是？而且應該昨天才開的吧！因為兩個人都戴蓋著白紗布的

鋁罩，有趣的是兩個人不同眼站在一起挺搞笑的。

我早他們一年動手術，那時也有些同伴，有姜爺爺、有賴阿嬤，我們倒不是一開刀就知道彼此都動了手術，是後來姜爺爺總戴著全罩式的墨鏡，而我在眼鏡上加戴著兩片深褐色鏡片。

每次進餐時間，我們遇到就會彼此問候一下：「好一點了沒？」好像都不甚好，總是圓形小墨鏡的賴阿嬤微笑著說：「還是怕光，沒辦法。戴就戴吧！」姜爺爺的全罩式墨鏡挺吸引人的，掛著讓他加添了幾許帥氣，我誇他，他哈哈大笑：「老了，還有什麼帥？我八十七歲了呢！身上還有病，帥不起來了。」

不管怎麼樣，有人同病，彷彿加添了些安心的感覺。現在輪到這兩位爺爺了，我想他們一定也跟我一樣，有些同病相惜的感覺吧！至少有人跟你一樣，不會特別孤單、特別寂寞。

在等餐的時候，總是有人圍在一起說說笑笑。

肌肉萎縮症的國爺爺，最喜歡和在糾正說話能力的元爺爺鬥嘴，他們倆開著玩笑，你來我往地，誰也不讓誰，可是都知道對方是友善的、是可信賴的朋友。

摔跤在老人間是常有的事，在大廳裡經常可以看見裹著石膏或紗布的手臂或小腿。

彼此都告誡著：「不要摔跤，不要摔跤。」可是還是有人摔跌了，最嚴重的是不能走動、必須坐輪椅的傷者。

另外有些算是小傷的例子，三樓的奶奶跌裂了前臂的韌帶，還好是左手跌傷，一切都還可以自己來，只是洗澡的時候比較麻煩，得用塑膠袋將石膏護好，再慢慢洗浴，奶奶說：「受傷還可以忍受，石膏裡面的癢可受不了。」

另一層樓也有個爺爺不小心跌傷，傷的也是手臂，經過了好幾個月才好，在等餐人群裡，他是活潑的，總是面露微笑四處問好。

今天他看到我了，他說：「還好吧！妳看起來不錯。」

不行，自己的狀況只有自己了解，我稍稍訴了苦。老了，很多想不到的狀況上身來了。

他真不會安慰人，他說：「老了！身體當然會愈來愈糟糕。」我不知道怎麼回答了，他說的是事實。比起別人的「安慰」，他還真實在。

然後，他伸出手握拳給我看，他跌傷的左手也能跟右手一樣握住，但是食指的彎曲度有限，右拳可以密合，左拳卻在中間留下一個小小洞，怎麼用力也無法緊貼。「妳看，雖然說是好了，還是不像從前了，這是沒有辦法的事，對吧！」

看著這位比我小六、七歲的「小老弟」，我服了，他是誠實的，他把他的認知告訴我，已經是在安慰我了。

人都是會老的，再沒有什麼可以像從前、像起初一般，受了傷的手臂可以復原，卻也不如從前了。我感受到他想法中的哲理，也就釋懷地笑了。

餐廳的門開了，大家依序進入，談話聲漸漸止住，笑語漸漸淡去。但，有很多說不出的感動，浮上我心頭。

相伴

阿粉奶奶推著小車，阿郭奶奶陪在她旁邊，兩人邊走邊笑，很快樂的樣子。我忽然想到，也許言語並不是最好的溝通工具。只要有伴，怎麼樣的溝通都勝過孤單一個人。

我和外了每天都要在長廊上散步，時間是午飯和晚餐後。我們並肩走著，有時說話、有時不說話，走完全程是四趟來回，大約四百步。這已成了習慣，餐後，總會見到我們在長廊相伴而行。外子的腿一直是發麻的，走起路來自然有些蹣跚；我兩隻腳都有姆趾嚴重外翻的現象，不看趾頭，只看走路，好像還不錯的樣子。

有一天，正走著，遇到常來探望他老哥的王先生，王先生笑笑地說：「好一對神仙眷侶。」什麼？

兩個老人家，一個蹣跚搖擺，一個髮禿齒危，他在笑話我們嗎？

王先生正色說：「絕對沒有，我是真心讚美你們。也許你們自己不覺得，人到了這個年紀，還能夫妻相伴，不是很難得的事嗎？神仙也比不上啊！」

外子耳朵不好，只笑笑地點個頭，繼續走他的路，但王先生的話，卻在我心裡舒展開來。是的，很多人都折了翼，孤單地飛著，還有人是由看護推著輪椅，不再能享受自由行走的樂趣，跟他們比起來，我們的確是幸福無比的。能用自己的腳走路，何況身邊還有老伴呢！已經是許多人所羨慕的了。想通了，我快樂地追上老伴，跟著他一起走。我們每天走，卻不曾想到這是多麼幸福的路。

樓下大廳，靠近茶藝館的門邊，有幾張按摩椅。午後坐在那裡的是幾個老爺們，他們並不一直說話，而是聽歌，歌聲是從其中一位爺的手機裡播放出來的。我認識那位手機的主人，便靠近去打招呼，他指指旁邊的人，又指指他手上有畫面的手機，讓我也聽聽手機中放出的美妙樂聲。

「都是老歌，」手機主人笑著說：「由他們點，我來放。」手機的主人算是DJ了吧！他的個兒很高，手長腳長的，從前是工程師。

DJ笑著向我介紹其他幾個人：一個視力不好，過去曾當過廟祝，如今拿著一根細長竹杖，是個敲著竹杖走路的高個子；另外一個也高，不但高、而且胖，DJ介紹他時語氣很尊敬：「他當過蛙人。我當兵的時候是海軍陸戰隊，那已經很神氣了。不過，我們聽到蛙人，還是閃得遠遠的，蛙人吶！沒人敢惹他們的。」

我望向曾經的蛙人，他待在養老院有一段時間了，從來沒聽人提起過他是蛙人，可見本性謙和，應該是遇到知心人才會提起過去的得意和傷心事吧！

DJ說：「他們愛聽什麼，我就放什麼給他們聽，這裡像演唱會，對不對？」是呀！好棒的演唱會！好棒的DJ！要是他自己一個人聽音樂，一定沒這麼快樂吧！有伴真好。

最近，院裡新搬來一對老夫婦，聽說他們結婚超過六十年了，年齡都上了九十，先生九十八歲、太太九十六歲，看起來都還健康，都能吃能走，老太太還打得一手好牌。

每天下午，麻將間裡常傳出老太太爽朗的笑聲，往裡面一看，老先生也在場，不過他只是站在太太的背後陪著，累了，就走到大廳坐一會兒，再去老太太背後「站崗」。老太太摸了四圈，到了休息時間，會出來看看老伴，給他倒杯水，從手提袋裡拿出幾片餅乾給老伴吃。

老伴、老伴，真是好老伴！大家都看在眼裡，心裡也暖暖的。

最有趣的伴是阿郭奶奶和阿粉奶奶了。

我從來不會把這兩個人聯想在一起，因為她們語言不通。阿郭奶奶在眷村裡生活了一輩子，一句閩南語都不會說。阿粉奶奶九十七歲了，問她會不會國語，她微笑著回答：「聽嘸啦。」誰會想到她們兩個人會走到一起？要不是阿郭奶奶自己告訴我，我是打死也不相信的，她說，最近她們都一起在大廳散步，她講她的，阿粉講阿粉的。「真的，我們很開心。」

我去看了一次，阿粉奶奶推著小車，阿郭奶奶陪在她旁邊，兩人邊走邊笑，很快樂的樣子。我忽然想到，也許言語並不是最好的溝通工具。只要有伴，怎麼樣的溝通都勝過孤單一個人。

對誰說話

還是勸她入住養老院吧！到時候，同齡的朋友們可多了，楚要講很多話都可以，也許，帶一瓶水和大夥兒坐在大廳，說累了，喝一口水，不是很好嗎！

楚突然冒出一句話：「我經常整天沒說一句話。」

我們在聚餐，五個八十歲的老太太曾經是同學，工作的時候又是同事，如今退休了，三不五時會聚一聚。

五個人裡，有三個人住自己家，和先生、和兒女同住；我和楚與她們不同。我住養老院，和先生一起住在很大很大的「家」裡；楚則單身住外縣市自己的房子，她的三個女兒都在國外，唯一的兒子雖在臺灣卻住在不同的市鎮。

她沒有先生，多年前他們就離異了，所以她一個人住在不算小的房子裡。最初她覺得很自由，高興去圖書館、去市場、去哪裡都好，退休了，喜歡做什麼就做什麼。

漸漸地，開始覺得不快樂了，雖然還是跑圖書館看報紙、寫摘要，卻沒有以前的快樂了。她說孤單，我們沒當一回事，人不是常常都會感到孤單嗎？

有一次聚會，她幽幽地說：「如果我死在家裡，沒有一個人會知道。」那時她的膝蓋很不好，既痛、又不能走路，醫師說要開刀，大家都把她的話當笑話，膝蓋痛又不會死，而且她看起來也不瘦弱，哪裡會無緣無故地死在家裡呢？因此沒人把她的話當真，都認為她只是發發牢騷。

最近我們的見面，卻令人震驚了，楚說：「我經常一整天都沒說一句話。」為什麼？「我一個人在家，要跟誰說？」

「打電話給我們呀！」

「沒事打電話不是吵妳們嗎？而且我要講什麼？」好像事情有點大條了。整天沒說話，怎麼成？語言能力會喪失噢。

「我總不能像神經病一樣自言自語吧？我一個人耶。」想想，獨居實在沒什麼好處。

養老院裡，也有因為失智而不言不語的阿公阿嬤。我覺得他們的情況都比楚好一些。因為養老院是個大家庭，見了面都會打招呼，不論是出聲問好還是揮揮手，都不會有「獨」居無人相聞問的感覺。

我的樓上住了位珊奶奶，剛入住時跟大家有說有笑，很快樂地生活著，後來開始退化了，也不言語、也不能走路，必須坐輪椅，她的家人為她請了二十四小時的看護，進出房間、上下樓梯都要倚賴看護推她進進出出。

有相當長的一陣子她總是沉默地坐在輪椅上，沒有表情、沒有言語、更沒有跟別人的眼神交會過。我們也就當她失智了。沒辦法溝通了，情況只有愈來愈嚴重了。

不料，有一天，我在樓下遇到輪椅上的她，應該是呆滯無神的眼睛，卻意外地撞上了我的視線，我說了聲：「妳好！」其實是沒有希望她有什麼反應的。奇妙的是，她的嘴角動了動，頭輕輕地點了一下，這是對我打招呼的反應嗎？太神奇了，別人在她的狀況下只有愈來愈無神，愈來愈關閉自己。她竟然進步了呢！在開心以及不可思議的情況下，我誇獎了她，「妳真棒！」我還伸出了右手的大拇指。「謝謝。」她的聲音很輕，但是我真的聽到了，她講話了呢！雖然只有短短地兩個字。

我也向推著奶奶的看護豎起拇指：「妳怎麼辦到的？妳教她說話？」怎麼可能？我心裡想，語言能力失去了哪有可能回復？

看護笑嘻嘻地說：「我沒有教她，只有讓她讀書。」

「讀書？」我聽錯了嗎？

「不是讀大人的書。」看護趕緊更正，她告訴我：「是童書啦！」

「那也不錯呀！妳怎麼辦到的？」

「我在菜市場那間三十九元的店裡找到童書，我就買一套給奶奶看，她看得很有興趣，我就讓她唸出來，『唸給我聽』。她不錯，記得那些字，就慢慢地唸出來。」好棒的辦法，我又豎起了大拇指。

「那些童書很簡單，翻開來，半頁是畫圖，半頁是故事，所以奶奶也看得很高興。」看護笑吟吟地說：「我都叫她大聲一點唸，不然我在做事聽不到，她就很努力地大聲唸出來。」

我忽然想到獨居的楚，有什麼辦法可以讓她朗讀她喜歡的報紙時事呢！如果她肯唸，是不是有效果呢？還是勸她入住養老院吧！到時候，同齡的朋友們可多了，楚要講很多話都可以，也許，帶一瓶水和大夥兒坐在大廳，說累了，喝一口水，不是很好嗎！

我馬上上樓撥電話給她。

擁抱

我想起了玫，她熱情的擁抱，也感激她在之前的問話：「我可以抱抱妳嗎？」我得到的是安慰、快樂，謝謝妳的擁抱，謝謝。

和玫約吃飯，約在「新月臺」餐廳。玫是我在師專教「特殊教育」時的學生，她任教滿二十五年，辦了退休，我們才有時間常常相見。

吃飯約十二點，我們十一點一刻就到了，玫說：「老師，妳的腳還行嗎？要不要走一走？」我的腳？雖然近八十歲了，而且是姆趾外翻嚴重的腳，但是我穿夾腳的德國鞋，走起路來一點也沒問題。

「我常常走路，我是很愛走路的人。」我說。

於是我們在鄰近餐廳的校園裡邊走邊聊。玟有許多關於植物的知識，我們一邊走她一邊告訴我，這棵植物是什麼，那棵植物是什麼，那邊一整排的樹又是什麼。我們邊走邊聊，學生教老師各種植物的名稱，還講解了許多樹木的特性及用途。

我們也談些家事，談她父親住養護院的漫漫歲月，談她母親的病痛，和雙親走後她的低落心情，時間差不多了，我們才從校園走出來去用我們的午餐。

玟是個愛笑的人，雖然她的女兒已經讀大二了，可她在我眼裡還是個大女孩，一笑起來又更顯年輕可愛，用完餐，她送我到搭車的地方。

過個馬路就是我等車的地方了，現在是紅燈，還不能過馬路。我正打量著紅燈和斑馬線！玟停下腳步，好像要在這裡道別，我也停下了腳步。

「今天的餐點，老師還滿意嗎？」她問。「很好，菜色很多，清淡可口。」我說。接著，她突然伸出雙手，「可以給我一個抱抱嗎？」圓圓的臉蛋仰向我。

當然！我馬上伸手迎向她，我們相擁著，我輕輕拍了拍她的背，好可愛的孩子，好幸福的老「老師」。

當然，並不是所有的擁抱都是快樂的。

養老院裡常常有教會的活動，可以自行前往的老人便按時走去活動的教室，身體不方便的、坐輪椅的，便由看護推著到達會場。之後看護可以回房整理房間，或者去市場買些水果，或買些老人家的用品。

袁奶奶是坐輪椅來的！她平日不說話，總是緊緊地閉著嘴，看護推她到活動的地方，告訴她：「等你們結束，我再來。」奶奶沒有意見，乖乖地坐在輪椅上，兩人很有默契，看護便回去了，教會活動結束時，她已經早早等在後面了，然後把奶奶平安推送回家。這是一般的情形。

但是，那一回，不知怎麼地，活動進行到一半，袁奶奶突然發出尖亢的「啊」聲，一句還不夠，又發出兩次尖銳的「啊」聲。

奶奶怎麼了？大家沒辦法跟她溝通，只好想辦法先讓她離開教室，免得影響了別人。我本來就知道她住的地方，所以我接手把她送回房裡。

我推她的時候，她已經沒有發出任何聲音了。不過，為了安全起見，我們還是決定把她送回房。

那天，幸好看護在家，她正在拔陽臺上小花圃裡的野草，看到我推著奶奶非常訝異，「怎麼了？」

我說，「她尖叫，怕吵到別人，所以送回來。」

看護問我，「有沒有人去逗她？」

「沒有吧！」我不清楚是因為我坐前面，輪椅族多半坐後面，而且大家好好地在聚會，哪可能有人去逗奶奶？不可能的。

這件事過去了，奶奶還是照常去教會，沒有尖叫聲，一切都平和，甚好。

在餐廳遇到袁奶奶的看護時，她多半都在幫奶奶把食物放在果汁機裡，按下按鈕，讓青菜、肉類、米飯都打成「咕嚕」。等一下，她就會坐在奶奶對面，一匙一匙地餵奶奶進食。她一邊打「咕嚕」一邊跟我點頭打招呼，還靠過來告訴我：「大家都不要逗奶奶，她就沒事。」

過了平安無事的一陣子後，那天事情又發生了。

我聽見在後排輪椅裡的袁奶奶呼叫了，怎麼回事？回過頭後，正好看到一個影子閃過去。袁奶奶突然放聲尖銳地問：「為什麼……」音量已經影響到教會活動的進行了，於是我趕緊起身，把輪椅的固定軸鬆開，推她出門。

這一回運氣不好，看護上市場幫奶奶買菜了，很快回來是不可能的。我們進不了上鎖的房間，只好在門外等候，我望著她，她有時望望我，尖聲說：「為什麼？」她說什麼我不懂，但我不能什麼也不說，只好安撫她：「小姐去買菜了。」她又說：「為什麼……」我又回話，其實我根本不懂她說什麼，我猜她也弄不清楚我說的話，但是我轉動門把、敲敲門、聳聳肩，又說看護去市場了之類的話。

至少她安靜下來了，認命地跟我一起等，偶爾想動，我就趕緊去敲門、轉動把手，表示我們進不了門。

看護急沖沖地回來時，我鬆了一口氣。

看護說：「有人碰她嗎？大家都不要理她就沒事的。」

我突然記起閃過的那個人影，她是好心的教會中人，她見到坐輪椅的爺爺或奶奶，總會趨前摟抱他們，是不是她剛才也抱過袁奶奶，而袁奶奶卻受到了驚嚇呢？

看護說：「大家都不要動她，她就會好好地坐在那裡，我上次也說過吧！」可是、可是，我哪可能一直站在袁奶奶身邊，阻止人家看看她、摸摸她，或憐惜地抱抱她呢？

出自好心的擁抱會換來驚嚇和不安，甚至發出尖叫聲和歇斯底里的嚷聲，這不是偶爾來訪視的外人所能理解的。

我想起了玫，她熱情的擁抱，也感激她在之前的問話：「我可以抱抱妳嗎？」我得到的是安慰、快樂，謝謝妳的擁抱，謝謝。

陌生的愛

我是排斥這種情況的。雖然老了，心中還是很不服氣，我應該沒那麼老吧！我受不了老師友善的說話，更受不了人家把我當做幼稚老人。

不曉得是不是從小家境特別差的緣故，很多時候，我都是自卑的。即使進了養老院，還是常有畏縮的情緒。

記得有一年養老院請了年輕社教工作者來，專員告訴我，這是很好的活動，希望我參加。我有點畏縮不前，一直拖著拖著沒有行動，六個人的名額很快就額滿了，我才感到安慰，雖然也有些許惆悵。

他們的活動在當時的圖書館舉辦，我假裝借書，偷瞄了那群小小的團體。原來他們每週有一個主題，譬如：「我的家」、「我最好的朋友」……，老人把自己的情形敘述出來，或回答出來，然後每個人把自己的情況畫在一個本子上。我有點慶幸沒有報名參加，因為熱心的老師溫言細語，好像幼兒班的老師，而老人家在那樣的情況下，也好像變成了幼兒。

我是排斥這種情況的。雖然老了，心中還是很不服氣，我應該沒那麼老吧！我接受不了老師友善過度的說話，而且也受不了人家把我當做幼稚老人。

因此，活動雖然辦了好幾期，專員一直鼓勵我參加，他覺得這個活動很不錯，但我依然不肯參加。

我是自卑吧！我有那麼老嗎？我有那麼幼稚嗎？雖然年輕人的看法會客觀些，但是，我一直沒有接受，也許在潛意識中，我從頭到尾都認為自己還不太老，還沒有失去認知能力，所以始終排斥著那些很好的活動吧！

從前讀的心理學，知道自卑往往會以自大的形態出現。不過，事情發生在自己身上可能就不會那麼客觀了。

在這裡，有很多團體會來探視我們，更有不少團康活動、歌舞活動。我知道他們都是有心人、都是熱情者，是懷著一份熱熱的好心來的。

但是有時候我會在心裡排斥他們。

有時候，外面天晴，他們的問題是：「爺爺奶奶，今天的天氣好不好？」、「今天有沒有下雨？」、「有沒有颱風？」我有這麼幼稚嗎？你知道的我也知道，這種時刻，我絕對既不點頭、也不應答，默不作聲做為心裡的反抗。不像有些老者笑嘻嘻地回答每一句，笑嘻嘻地表示：「很高興。」

我想我是有點過分的。人家的好意何不快樂領受呢？

有一天，聽朋友說了一件發生在她身上的事。她說，她去看望老者，看到新來的老人家，她好意前去環著奶奶的肩頭，希望表達出歡迎之意。

「然後呢？」

「她頭一動也不動，眼睛看著前面，一個字一個字地說：『把妳的手放開。』」

說話的朋友似乎有點洩氣，但我欣獲知音，原來不是我一個人感覺自己受到過分的照顧，原來也有旁人是和我一樣的感受。

最近，又有類似的情況發生了。

原來，某個團體裡有新加入的熱情者，一見到爺爺奶奶就擁抱起來，而且緊緊地擁著，我也被熱情的臂擁抱過，感覺很尷尬、很想逃脫。和我相熟的田奶奶也向我訴苦：「我想逃都逃不掉，怎麼辦？以後有她的地方我都不想去。」

怎麼辦呢？我明知那是好意的鼓勵，可是我也不喜歡被這樣熱情地對待，我若不告訴她，她不會知道，我若告訴她真話，她的心會不會受傷呢？

正在躊躇間，眼看著她過來了，一見她伸長了手，我趕緊閃避。啊！這樣是不行的，還是告訴她實話吧！這樣閃躲豈不是更傷她的心？

還好，我結結巴巴地把自己的意思說完之後，她沒有生氣。我強調，「我們都知道妳的好意，但是不習慣。」她很大度地接受了，還向我道謝：「謝謝妳告訴我這些，我知道了，以後我會改過來的。」

真的，後來的兩、三個星期，當她出現的時候，她笑著向我們打招呼：「清奶奶、田奶奶，很高興又看到妳們。」我們也欣然地點頭、微笑，然後自在地參加活動。

看著她忙碌的身影，我很感謝她沒有不高興，她的熱情使我們為難，但是她很快地改變了自己，毫不在意地向我們道好。

這是我喜歡的結果。也許，因為生長環境保守，所以不能欣然接受突如其來的熱情，也許，我們還不相熟，她的熱情反而使內向的我們不自在吧！

其實，心裡是一直感恩他們的，而且希望不要因為我們一、兩個人的反應，讓他們的熱心被澆了冷水。我們真的非常感謝你的愛，陌生的朋友。

輯參

老而不休，我的老派活力

有緣

剛開始，並不是每個人都有話就說的，總要慢慢相處，熟了、聊開了，才漸漸了解彼此，認識對方的好。玉是比較另類的「人物」，她快人快語，一下子就跟大夥兒熟起來，而且一點也不諱言自己為什麼會住到養老院。

如果不是住進養老院，老實說，恐怕窮我一生也不會遇到這裡的一、二位長者，更別說有機會和他們一起進餐廳吃飯，一起到樓下大廳做運動，更不可能坐在一起聊天說話了。

緣分真是奇妙的東西，有人過去住屏東，有人住羅東，我一直住在臺北，但是我們卻相見了，並且成為了好朋友。

剛開始，並不是每個人都有話就說的，總要慢慢相處，熟了、聊開了，才漸漸了解彼此，認識對方的好。

玉是比較另類的「人物」，她快人快語，一下子就跟大夥兒熟起來，而且一點也不諱言自己為什麼會住到養老院。

「有一天，我突然失智了。」她說。

哪有可能？我們笑她：「失智的人還能夠講話這麼有條有理？」

「真的。」她正色大聲地對我們說：「有一天，我醒來，認不得兒子和媳婦了。真的，我完全不知道這兩個人是誰？」

會有這種事情？我們可是聽都沒聽過，「我兒子嚇壞了，趕緊送我去醫院……」

然後呢？

「醫師說我是失智，勸兒子把我送到養老院，這樣還可以有人陪我說話。」

原來，她是跟兒子、媳婦住一起的。「他們一早就上班，有時很晚才回來，沒有人可以跟我講話。醫師說，這樣是不行的，媽媽沒人可以對話，當然會失智。」

「可是，妳現在不是挺好的嗎？」

她笑了：「還好，我只失智了一個上午，後來就好了，不過醫師還是建議我不可以一個人待在家裡，所以兒子就把我送來了。」

玉如果沒有提到那些事，誰也猜不到她有這麼令人驚嚇的病，失智？認不得兒子和媳婦？那不就是痴呆了嘛！

玉個性開朗，有話就說，完全看不出她會產生一時的失智現象。現在，她很快活，跟每一個人問好，大家有問題都會去請教她，若不是她提起，誰都不敢相信那段可怕的過去，可怕的那一天、那一個上午。

幸不是愛說話的人，只有人家問她，她才會回答個三言兩語，所以她為什麼會住到養老院，大家都是很晚才知道的。

因為那天恰巧有人問她，問了兩、三遍後，她才簡短地回答。她說：「就是……就是被騙了嘛！」簡短的回答更引起我們的好奇，被騙？怎麼回事？

幸微笑著露出牙齒，少話的她並不多解釋，讓跟她最要好的朋友輾轉告訴我們。原來，幸一個人住，被騙了也不知道，還把鈔票疊得好好的，用報紙包好，親手奉送給騙子，兒女們發現事情大條，獨居絕不是個好法子，才打聽到我們這棟風景優美的養老院，替母親辦理了入住。

外子和我應該不算獨居老人。不過我們常同進出，有時會外出一整天，有心人就有了設計。

有一次，我們作客一天回來，發現大門輕掩，我向老伴嘀咕：「門都是你在鎖的，怎麼沒關門？」

房裡黑暗一片，開了燈，發現小書房的地上堆滿了雜物，這是怎麼一回事？

「有小偷！」我突然明白了大門沒關的原因。

他們把家裡的一切倒在小書房的地板上。稍微值錢的東西都拿走了，不要的東西，他們還算客氣，只亂倒在小書房的木板地上，其他地方倒沒有弄亂。

我們報了警，也被告知失去的東西不太可能會被找到歸還。住處有十八戶房屋，鄰舍鮮有往來，所以問鄰居也沒用。

問警察：「他們怎麼進來的？」門窗沒破，門也沒壞啊。

警察說：「多的是方法。」他指給我們看，這裡、那裡，氣窗也有可能。

「可以跟保全公司連線嗎？」我問。

「房間的面積太大，保全的連線很難。」他說。

最後，我們才知道，住了三十年的房子竟是處處有漏洞可鑽的，還好老父老母沒受到過驚嚇，三個如花似玉的女兒安全長大出嫁，只有我們兩老受了點驚嚇，也是萬幸了。

不過，從不知世間險惡的兩老還是開始擔心了。從此以後，不能兩人同出同遊了？如果一人出遊，另一人在家，有意外之徒出現豈不是要嚇破了膽？

左思右想，兩個月後，因為外子的頸椎動手術，我們就順理成章地住進了有照顧人員、風景又優美的養老院。

從此，和其他的老人結了緣。

請問芳名

「是我給他取的外號啦！」坐在輪椅上整日笑臉的妹奶奶說：「他整天愁眉苦臉的，我就給他起這個名字『笑瞇瞇』！我告訴他要笑，不要皺著眉頭苦著臉。我希望他開心，整天笑瞇瞇。」

養老院住久了，認識的人也多了，可是，有一個大困擾就是大家不一定記得對方的名字。

「她就住我隔壁，我怎麼會不認得她！」洪奶奶很有信心地說。可是問洪奶奶：「她叫什麼名字？」洪奶奶就結巴了：「她就是我的鄰居呀，叫什麼名字……」

也許因為名字難記，於是有人只提房號：「那個七一五，很有錢，她用的東西都是高級品。」「那個五〇七，銀白色的頭髮，是養老院裡最漂亮的。」

提房號，有時候還是弄不清誰是誰。於是，我們有了新的辦法。

不知道是誰起的頭，把七樓一位打扮時髦的奶奶叫做「亮晶晶」，這個外號馬上紅遍養老院。「亮晶晶」人長得漂亮，頭髮不是單染一種顏色，有金、有藍、有紅，再加上她習慣戴耳環，金閃閃的，衣服也摩登到人人稱羡，一說「亮晶晶」，不用問樓層，不用多說，大家都知道，「噢！那個亮晶晶！」

個兒長得嬌小的，大家也容易明白：「住三樓的是『小可愛』、七樓的是『小不點』。」叫久了，大家也都不提她們的本名，而直呼外號了。

有人喜歡管事，特別關心別人，善於教人家什麼不可以吃、什麼要多吃，膝蓋不好的話，哪種水果絕不可以碰，「愛吃？可不行。」這樣的人剛好是女性，於是有人叫她「婆婆」，不是老太太那種「婆婆」，而是管媳婦嚴厲的「婆婆」。
有個手腳不俐落的奶奶必須坐輪椅，誰看到了她，都會幫她一把，有時推她去餐廳，有時推她去院子看花。有一天，大家忽然發現有專人陪著她了，去餐廳是那個人陪著，去樓上是她、運動是她、聊天也是那位高瘦的奶奶。
她是誰呀！大家不免注意起來，噢，是與不俐落的奶奶住在同樓層的住戶，剛搬進來才半個月，正想打聽她姓啥名誰，坐在輪椅上的奶奶開口了：「她是上天派來幫忙我的天使，是我的天使。」
天使，好記的名字，於是大家就叫她天使。「天使，妳今天出去走路了嗎？」、「天使，妳覺得今天的豬腳好吃嗎？」天使微微笑著，一一回答大家的問話。
當然，也有不好聽的外號，有一回我問起那個微駝著背、個子瘦長的奶奶，她住幾樓、叫什麼名字，因為她給我很頑固的印象，我不由得打聽起她。

「那個奶奶噢。」有人笑起來：「我們背地裡叫她『鐘樓怪人』。真正叫什麼，不記得。」鐘樓怪人？真的不好聽，還好沒人當她的面這麼叫她。

有人的外號是因為學識而來，三樓那位有著白胖臉龐的奶奶就是。她極聰明，數理方面很棒，又會講教理，又會唱詩歌，過去行動方便的時候，還會帶大家跳土風舞。

大家對她都很尊敬，有人認她為教授級的人物，於是索性叫她「校長」。後來，「校長」這外號被叫開了，當我們「校長」長、「校長」短的時候，不明白的新來者會問：「是哪個學校的校長？」哈哈！這是外號，是大家表示尊敬的意思。

有的人不需要外號，名字本身就很有意思，大家一聽就記住了，再也不會忘。譬如六樓的「英雄」，他的本名就是英雄，大家聽過都會牢牢記住的名字，沒有人會忘記的。

另外一個「國王」，是個高瘦個子，看起來很年輕的爺爺，為什麼叫他國王呢？因為他姓王，名字的第二個字是國，叫他王國、不如稱他為「國王」。如果在大廳聽到有人叫著「國王」、「國王」，那就是他了。他很會幫別的老人家選歌、播歌，他的小型音響附近總有不少聽眾圍著他，形成一個小小的王國。

最有趣的外號是「笑眯眯」了。有人提起他，說「笑眯眯」如何如何。

誰呀？我心裡打個大問號。想起幾個愛笑的人，都不覺得合適，「誰是『笑眯眯』？」我忍不住問。

「是我給他取的外號啦！」坐在輪椅上整日笑臉的妹奶奶說：「他

整天愁眉苦臉的，我就給他起這個名字『笑瞇瞇』！我告訴他要笑，不要皺著眉頭苦著臉。我希望他開心，整天笑瞇瞇。」

哇！多麼有智慧的鼓勵！原來，取外號還可以有這樣正面的意思。都被叫笑瞇瞇了，總不能還是苦著一張臉過日子吧！有意思！

羨慕的心

可是，現在看到珠奶奶時時外出，親手整理自己的房子，把每一個小房子弄得整齊美麗租給客人，我的心情絕不只是羨慕了。

住在養老院的雖然都是「老人」，卻也有各種的不同，會引人羨慕和欣賞。

像冬奶奶、像方奶奶，她們的「頂上」是所有人讚嘆和羨慕的，年齡九十多歲了，還有非常厚的頭髮，好像從來沒掉過一根半絲似地，這已經讓人驚嘆連連了，更叫人嘆為觀止的是：她倆的「頂上」不是蒼白的顏色，而是銀白色，閃閃發亮比月光灑下來的銀色更銀。

我掉了很多髮，露出頭上這裡一塊、那裡一塊的青白，剩下的髮絲，有的白、有的斑駁，雜亂毛燥，不聽話得很。

少數人是染黑了頭髮，看起來順眼多了，可惜總有些不聽話的白絲，在髮根處洩了密，得要常常上理髮廳補染才行。

有的人眼力過人，也是讓我羨慕的。平日，大家坐在大廳的電視機前是分不出高下的，如果想補一件脫了線的衣服、需要穿針引線時，可就分出高下了。

我是絕對的失敗者，不管怎麼努力，把針孔對著光、把線頭拉直，全神貫注，把線推向針孔，一下子線彎垂了、一下子線在針的旁邊過去，就是沒有進針孔。可是有人卻辦得到。讓大家想不通，「你是怎麼穿過去的？我試了半天都不成，你的眼力怎麼那麼好？」

養老院裡有些人是日日外出的，例如四樓的茜阿嬤、三樓的紫阿嬤，兩個人總是出外一整天，或大半天。

「去哪兒了？」我問茜阿嬤。

「去XX宮。」

「妳每天外出，都去XX宮？」

「有時候是和朋友相約聊點事情啦！」

紫阿嬤呢？「妳去哪些宮？」

「我才不去那些地方，我很忙。」是嗎？忙些什麼？瘦瘦個子，還能做什麼？

「我每天去游泳。」

「嗄！去游泳？」

「對啊，運動中心免錢的，我每天都去。」

這樣有活力的阿嬤，我能不羨慕她嗎？多年不穿泳衣的我，真難想像那些複雜的穿脫沐浴，由不得佩服起紫阿嬤來。

其實，我也算是愛往外跑的老人了，老朋友一通電話，我就會搭養老院門口的小巴，轉捷運、或換公車出門。但我多半是中午出門，不像她們二位都一大早出門，到黃昏才回來。

中午出門等車的我，遇到了另外一位住戶，她比我年輕許多，恐怕才剛七十歲，是珠奶奶。

「妳也常常出去啊？」她問。

「妳還不是一樣。」我笑看拖著一臺菜籃車的她。

「我是有事啦。」她說：「我要去整理我的房子。」什麼？房子？我們的房子早就處理好了，她還沒賣掉她的房子？

「我的房子不是要賣的。」

「那麼房子現在有人住嗎？是兒子？還是女兒呢？」

珠奶奶笑了：「我沒結過婚，我自己一個人。」有房子為什麼不住？住在養老院，又要擔心房子的事，不是很奇怪嗎？

後來，她才告訴我，她有好幾間小房間租給人家住。房子有問題時，她會親自出馬，自己修漏、自己油漆、還會幫住戶換馬桶。

「為什麼不請人修？」假如是我，我一定會去找師傅的。

「師傅？」她搖搖頭：「我自己都會做的事，為什麼找工人做？」我吐了吐舌頭，沒想到看起來柔弱的她，竟然這般能幹、堅強。

很多人看我外出，都羨慕我，說我健康、能走。我也認為這樣算不錯了。腿不好的、膝蓋有問題的、腰椎神經受到壓迫的，我都比他們好多了。

可是，現在看到珠奶奶時時外出，親手整理自己的房子，把每一個小房子弄得整齊美麗租給客人，我的心情絕不只是羨慕了。

我是佩服妳，我太佩服妳了。珠奶奶！

永遠的典範

送我扇子時，她已九十五歲了，雖然眼不明耳不清，走路不穩，但是腦筋清楚的時候還是比較多的，她好些年不作畫了，突然在櫥櫃裡找到空白的扇面，就畫了送給我和另外一位奶奶。

我書桌旁的櫃子上方，有幾樣擺設跟別人不同。

左邊，有一個四方形像巴掌大小的一幅彩畫，畫面上是四、五株綠竹，從左邊的草地向右上方生長，葉有深綠、淺綠及淺黃的不同，在竹叢右方，是兩隻麻雀，一隻踩在草叢上，仰頭看著小飛蟲，另一隻則展翅飛在空中，追逐著另一隻小飛蟲，麻雀畫得栩栩如生，畫面右下方，則是畫者的簽名，九四老人王然君作，還在上面蓋了印章，這是我當作紀念的王奶奶的畫作。當時我還不到七十歲，而她已經九十四歲了，她的房間就在二樓護理室的旁邊，她天天在房裡畫畫，累了才出來走走，我不懂繪畫，更不懂整天畫畫有什麼樂趣，但是看到她非常認真作畫的背影，不禁油然生出了崇敬之心。

王奶奶常邀我去她的房間，將她的畫作展示給我看，有時還講解其中用色的蘊意，我雖然什麼都不懂，對於她認真的態度卻是敬佩有加。

有一次，她邀我進她房間，指著桌上幾幅圖畫，問我覺得哪一張畫得最好，這可難倒我了，對於繪圖我可是一竅不通的，色彩、我不懂，構圖、我更不會。這四、五張畫得都是竹叢和麻雀，在我看來，每一張都好，根本分不出高下，可是王奶奶熱切地非要我做出評論，要我說出喜歡哪一幅畫。

我真的不懂畫畫呀！但是王奶奶熱切地催問我，我也不能不說些什麼。

承認了我實在不懂畫後，我仔細看了看那幾幅畫作。竹叢都是同一個樣子，麻雀卻每張不同：一張是兩隻都在半空飛翔；一張是兩隻都停在草地上，好像互望著；另外兩張是一隻在地上，一隻在空中，我選了其中的一張。覺得這一張有表情，地上的麻雀仰頭望空，彷彿在觀看覓食的同伴。

「這張有意思。」我把自己的想法告訴她，她歡喜地把這幅裹著金紙細邊的畫送給了我。

向櫃子的右邊看，是把扇子，絹的扇面原是空白的，現在上面畫了線條很粗、色彩很濃的花和葉，還有一隻飛翔的小蟲，這是李奶奶送我的畫作，在畫畫的人眼中，這也許不是什麼好作品，但是我喜歡它。因為睹畫可以思人，李奶奶的臉上會畫粗黑的眉，也會有紅色的頰，都是很粗很重的色彩，和她的畫作一致，和她的聲音、她的行為都有幾分相似。

送我扇子時，她已九十五歲了，雖然眼不明耳不清，走路不穩，但是腦筋清楚的時候還是比較多的，她好些年不作畫了，突然在櫥櫃裡找到空白的扇面，就畫了送給我和另外一位奶奶。

她已經走了好些年，但扇子上的一筆一畫都還強烈地表現著她的風格，表露著她對人分明的愛恨。

第三件豎在櫃上的是一份個展的宣傳品，它由四張厚卡片摺疊而成，是亂針繡名家陳嗣雪女士的個展卡片。我和陳女士幾乎不曾真正談過話，她入住時間比我久，我雖然知道她的亂針繡很出名，但也不知道該說些什麼好。那次，她在中央大學藝文中心展示她多年的刺繡成果，我遇到她時略略表示了欽佩之意，後來她就送了我一張個展卡片，名為「針情畫韻」。其中有人物，「母親與幼兒」、「沉思的老翁」；也有動物，「狼狗跳火圈」、「母雞帶小雞」；還有山水畫。陳女士那時八十五歲，這些都是她繡作了四十年的成果，我們雖然沒有深交，我卻一直欽佩著她的毅力與努力，所以珍惜地把那張卡片放在我的「展示」櫃上。

最右邊是兩張彩色照片，照片中的是養老院裡的名人：京劇名伶戴綺霞老師的劇照，一張是穆桂英，另一張是貴妃醉酒。我對京劇完全不懂，但對始終執著於戲劇的毅力和精神，我是欽佩的。

記得初認識戴老師時，我完全不知道站在我面前的是京劇演員，我只看到一個打扮清爽的奶奶隨著取餐的隊伍安靜地前行。有一回，隊伍中有人在批評菜餚，我見她回轉頭，恰巧見到同樓的我，她平靜地說：「想想非洲那些餓得連肋骨都一條條凸出來的孩子，我們應該感恩了。」

我完全沒有接觸過京劇，所以雖然聽過老師的大名，但對她在戲劇上的成就並不了然，在生活上，倒是對她從此有了敬意。

有一陣子，呂爺爺的伴侶也住進養老院，呂爺爺生活有點不能自理了，他在外頭生活的太座不得已只得前來，呂奶奶時常向我們吐苦水，說她自己一身是病，牙周病、髖骨痛、還有一種叫顎ＸＸ的病。

那一次，戴老師發了話，聲音裡帶著火氣：「我最討厭人家談這個病、那個病了。哪個人沒毛病？有什麼好說的。」

多年以後，回想起來，戴老師的話真有想法。人誰無恙？不往好處去想，整天這個病那個病地埋怨，是不甘心來照顧老伴嗎？

戴老師送我照片的時候，芳齡已九十二、三歲，如今她一百多歲了，雖然走路比以前緩慢，但腰桿依然直挺，一步一步堅定地向前行，叫人不心服也難。

住進養老院十年多了，認識這些長輩是我的榮幸，他們讓我知道：凡努力過必留下痕跡，他們是我心中永遠欽佩的典範。

輪椅上的她

很多動作礙於沾黏，她是做不來的，但是她努力練習，做不來也不氣餒。只見她拚了命地做她能做的動作，毫不失望，而且每日都到場，每日都用心、用力做著對她來說非常艱難的運動。

很多人都誇我看事情很正面，是個很陽光的老太太。我自己也這麼覺得。可是跟她一比，可就遜色多了。

她一進養老院就讓人訝異，車禍過的身體，長短腳，右手可以動作，左手卻伸張不開，靠不近胸前。動過幾次刀，也沒見痊癒，最後註定了坐在輪椅上的命運。

可是，她是位美麗的老太太，她臉面長得可愛、笑容可掬，每見到人，總是充滿陽光的笑容。

「車禍到現在，還會有後遺症

嗎？痛不痛？」

「痛。」她回答，但是她說：「只能和它和平共處啦！」光這一點，就叫很多人佩服了。

還不只這樣呢！院裡每天下午有健康操的練習，是依照電視裡的影片做操，很多老人都會參與，她也是其中之一。很多動作礙於沾黏，她是做不來的，但是她努力練習，做不來也不氣餒。只見她拚了命地做她能做的動作，毫不失望，而且每日都到場，每日都用心、用力做著對她來說非常艱難的運動。

她對我說：「我不怕人家笑話，能做的我一定會去做，雖然做得不一定到位。」

我自覺很陽光了，可是和她一比，我可差遠了，她見到人總是說好話：「認識你真好。」、「你真是個好人。」每個被她稱讚過的人，就像枯萎的草在溫暖的春雨中又站立了起來。

有一天，我經過她身邊，聽到她跟另一位體弱的奶奶說話，談到，「我們自己做維骨力……」

我很需要維骨力，最近蹲下去就站不起來，要很辛苦地拉著椅背緩緩站起，嘴裡還唉唉地喊痛，一聽到她「自己做維骨力」，我趕緊問她，有什麼方法？

她害羞地回答我：「就是運動啦！」她每天連坐在馬桶上也在運動，聽說把馬桶蓋都坐壞了一個。「現在的馬桶蓋是新換的。」

我每天傍晚都要下山買些食品、用品，每回走到庭院就會看到她，總是有人幫她把輪椅推到大門旁。

「妳在看風景嗎？」起初我會這樣問。

「不是。」她指著左前方鬱鬱蒼蒼的遠處，「我在看綠樹，這對眼睛很好，我每天都在這裡看綠色。」

行動不方便的她，卻很有主張，而且持久有恆，叫我自慚，我有像她那麼有恆心、那麼努力嗎？

養老院時時會請一些教練來教特別的活動，每週二上午有呼吸淨化法、每週四下午有毛巾操，參加的老人不少，她更是每回必到的「好學生」。很多動作，她不一定做得來，可是她的配合度特別高。

教練們為了讓老人家出聲，有時會把時間讓給大家，一旦教練說：「九、八……」老人家便接著說：「七、六、五……」教練說：「大聲點。」就聽到團體中有人努力地喊著：「四、三、二、一。」遠遠超過其他人的喊聲，那個人是誰？那個人就是她。

她是樂觀的參與者，什麼活動都不缺席。書法班，她參加；詩詞班，她絕對參加；手語班，她也是理所當然的出席者。所有來表演的團體來賓，都會看到她坐在輪椅上欣賞，以及用力鼓掌以表示鼓勵的動作。她沒有一個活動不參加，她是院裡數一數二最合作的老人家。

前陣子，社區大學來養老院表演，他們唱的多是老歌，會的人就在下面跟著唱，她當然也是其中之一。那天我不在院中，聽別人告訴我，表演的人要唱〈月亮代表我的心〉，問臺下，「有人會唱嗎？」

她舉了手。

「太好了，一起唱吧！」

「我還會這首歌的手語呢！」她說。

「太好了！」表演者鼓起掌來：「我也有手語版。」於是她和旁邊的老人一起唱了起來，也一起比著手語，在吉他的伴奏下，在社區大學表演者的合唱之中，度過了快樂的半日。

想想要我唱歌，我還會害羞呢！她太厲害了，我哪能跟她比？我太遜色了。

偶然相遇

當我把安全帽放回儲物箱的時候，我看到了一把亮閃閃的長夾子。那是什麼？

邦看出了我的疑惑，他說：「有時候東西會掉下去，我用這夾子去撿，才不會老是麻煩別人。」

到醫院拿連續處方箋的藥，拿到號碼一看，還要等二十號左右，於是就去長椅坐下來。

忽然，看到前方有個熟悉的影子，駝著腰慢慢走近，是同住養老院的燕，我趕緊迎向前去。「妳也來了？小珍呢？」

「她沒來。」燕把原本朝下的臉仰起來笑著，很有自信的樣子。小珍是燕在房間摔跤後請的照顧員，燕要出門，她理應陪伴在側的，怎麼沒來呢？

「我自己一個人可以了。」燕

笑意盎然。

我正想陪她去抽取號碼單，另一頭傳來喊叫的聲音，是在叫我呢，誰啊？

望過去，竟也是養老院裡的朋友——邦，他坐在醫院門口借來的輪椅上，帽子下的笑臉像陽光一樣燦爛。

我向邦揮揮手，要他留在原處等我一下，我先去領藥，再去跟燕說再見。問她：「自己一個人可以嗎？」她化過妝的臉上自信滿滿：「我可以的。」

我走向另一端的邦。他的輪椅已被工作人員收走，他不太穩當地撐著拐杖等我。

「我們一起回去，妳可以坐我的車。」他的白牙齒笑著。

什麼話？要坐也該坐「我」的車吧！我心裡打算，為了他，叫門口的計程車回養老院也是應該的，平日我雖是走到對街等公車，但是他雙腿不便，自當由我請他一回，坐計程車回去。我說：「坐『我』的車！」

他揮揮手：「不用，我的車就停在那邊，走過去很近的。」什麼？雙腿不便的他怎麼會開車過來？那，我該怎麼辦？坐他開的車嗎？

他和我一前一後地走向急診處門口，那是停車的地方吧！「喏，我的車就在那裡。」他指給我看最右邊第一個停車格停著的摩托車。

哇！原來我忘了，他以前就跟我提過，他騎機車，殘障人騎的機車，他還告訴過我，他的機車就停在養老院地下停車場的機車格內。「靠近電梯，很方便的。」他曾經這麼告訴過我。

可是，我一向不敢坐機車後座，現在怎麼辦呢？邦這麼好心地邀我，我不能告訴他，我怕機車。就要走到他的機車面前了，我還在想怎麼樣推託掉讓我恐懼的摩托車。

「坐後座也要戴安全帽耶。」我問：「你有多一頂安全帽嗎？」

「當然有。」他上前去打開儲物箱，拿出一頂自己戴上，又拿出一頂交給我。我雖然害怕，卻不敢拒絕，人家那麼好心，我能說我怕嗎？心裡慌慌的，不過，我盡量裝鎮定。

看他戴上安全帽繫好帶子，我學著把大大的帽子戴上，依樣畫葫蘆地摸索著帽繩，把它扣上。

「妳先上，坐這裡。」他似乎還沒有發覺我的笨拙，含笑指點我。

坐好了，他也上了座，我竟然沒有注意到他是怎麼上的車，總之，他很熟悉，倒是我很緊張，八十歲的老阿嬤，離上一次坐機車後座至少有五十多年了。

每次有人要騎車送我，我都拒絕，因為「怕」。這一次應是覺得不該拒絕騎殘障機車的邦，所以只好忍著心中的害怕，聽著他的指揮上了車。

車子很熟練地朝著養老院的方向駛去。遇到紅燈、他停，綠燈亮了，他又嫻熟地出發了。

「這是我第一次坐機車耶。」我在後面告訴他。

其實並不是人生第一次坐機車，而是五十多年來一直恐懼機車、拒絕機車之後的第一次，成功克服了心裡的恐慌，真的是第一次。

五十多年前，我才二十五歲，懷了第一胎的我大腹便便，那時應該已經懷胎八個月了。有一天外子突然牽來一臺機車，想在校園裡騎騎看。他要我坐在他後面，兩個人開心地在任教的學校裡繞著圈子。

沒想到，車子繞著圓形花圃行進時，側坐在後座的我突然跌到地上。可惱的是外子竟然不察，我跌坐地上，他卻騎著車走了，好一會兒發現沒人應答他的話，才繞回來找到了我。

八個月的身孕，如果動了胎氣怎麼辦！幸好沒事，只是虛驚一場。不過，從那一天起，我就不敢、也不肯再坐機車後座了，我去學開車也是害怕機車的關係。

過了五十多年，從不肯坐在機車後座的我，竟然在八十歲之齡，坐了邦的機車回院。我告訴他，這是我「第一次」坐機車呢！但並沒有告訴他當年受驚嚇的事件。

只是去醫院拿處方箋的藥，竟然在醫院裡遇到兩位同院居住的朋友，而且這兩個人都是令大家佩服，足以做為院民楷模的人物。

我真是好運氣，我的腳比他和她都好，我的腰也沒有像他和她傷痛。而他們的毅力和堅忍，卻是我一直十分佩服的，也是我自覺不如的地方。

當我把安全帽放回儲物箱的時候，我看到了一把亮閃閃的長夾子。那是什麼？

邦看出了我的疑惑，他說：「有時候東西會掉下去，我用這夾子去撿，才不會老是麻煩別人。」

我要怎麼述說我的欽佩之意呢？那真是無法表達的，對燕奶奶和邦爺爺，我只能在心裡說：「你們真是太棒了。」

不亦樂乎

翠貞的演唱給我帶來了新的感受。原來學習並沒有年齡的限制，七十多歲，被別人稱呼為奶奶的時候，還是可以當學生的。

聊天的時候朱提起翠貞。「知道嗎？翠貞去學義大利民謠，唱得很棒耶！要不要一起報名下學期的課？」義大利民謠？我連英文歌都不會唱，還敢去學義大利歌？而且我歲數這麼大了。

「翠貞比我們還大四、五歲，她都可以，為什麼我們不行？」那一年，我們才六十八歲，翠貞過七十了；真的，七十多歲的人敢去學，為什麼我們不敢？

朱又慫恿著：「去吧！一起報名上課，真的學不來再說。」於是，朱、碧、我一起報名了下一期的「義大利民謠」。唱唱看嘛，比我們年長的同事開了路，如果大家真的不會唱，聚在一起也是好的。

第二期開班時，我勇敢地踏進了「義大利民謠」的教室。

歌譜發下來了。天哪，是五線譜，我根本不認得它們。以前在合唱團的時候，我會趕緊把簡譜寫在五線譜上方，才能一句一句地唱出來的，合唱團的歌是中文的，旋律多少也曾聽過，所以還可以混下去。

可是，義大利民謠可不同了，它一首歌曲就四、五頁，我還來不及把第一張的簡譜翻譯完，就聽到鐘聲響了。

教民謠的女老師氣質優雅，她歡迎我們加入，練了練音階之後，課程就正式開始了。老師彈著琴帶大家唱兩、三遍譜之後，就開始唱歌詞了。

唱譜的時候，我盡力跟著速度，唱出的音時時和別人不同，已經讓我感受到很大的壓力，接著馬上要開始唱歌，天哪！像英文又不像英文的文字不認得我，我更不認得它。我以為可以用英文來發音，結果根本不是，聽起來雖然很好聽，但我是完全的文盲、音盲。

翠貞的聲音很好聽地婉轉在教室上方，她的樂聲完全不像一個七十來歲長者的聲音，她的聲音是年輕的，好奇妙。

整堂課我除了欣賞大家的歌聲，完全不能做任何事，想勉強發聲，歌詞卻都不是我熟悉的英語發音。天哪，我掉進一個完全不同語言、不同聲調的陌生國度裡了。

當然，我再也不敢去上第二次的課了，義大利民謠，我和它徹底絕緣了。

不過，我也不是毫無收穫的，翠貞的演唱給我帶來了新的感受。原來學習並沒有年齡的限制，七十多歲，被別人稱呼為奶奶的時候，還是可以當學生的。

義大利文不行，英文也很差，我只能報名學習國臺語老歌了，看著簡譜，唱著自己熟悉的語言，那份快樂難以言喻。

後來，陸續聽到好幾位退休同事都在學習新的事物。有人學繪畫，有油畫、有國畫，也有人練書法，每一個人都忙得不亦樂乎。

還有同事學攝影，光暗的講究、背景的選擇，讓我們這些只顧比出兩隻手指就以為自己活潑可愛的老奶奶自嘆不如。也因此出外一日遊時，大家都指定要讓學攝影的同事來掌鏡，不僅拍出來的自己有亮度，拍出來的風景更有特色。

當然也有人在學習語言，日文班、英語班都有，各人喜好不同，專長也不一樣，都讓人羨慕。

最近，聽說退休的老同事淑不是去學習什麼，而是在教別人。她在松年大學教手語好一陣子了。

「教學相長嘛，」她說：「要教之前，會花腦筋去想，這個歌除了手語之外，該配什麼動作，除了這樣的舞動之外，還可以用什麼方式來表演？」

我把她的教本拿過來翻看，有國語老歌〈寒雨曲〉、〈真情比酒濃〉，有臺語的〈心事誰人知〉、〈來去臺東〉，還有還有，我想也想不到的〈海草舞〉，以及其中的RAP，好長的兩段，真虧她想得出用手語來比RAP，這真是前無古人之舉，讓我敬佩又敬佩。

看看我的老同事們，個個有活力地努力學習、用心教學，我真是服了他們了。

輯肆

做為老人，喜歡自己的樣子

還能瀟灑嗎？

我又學到了新的功課。外在的老不打緊，內裡的老才真正駭人，我就屈服了吧！老就要認老，不能強裝瀟灑。啊！真的，不能偽裝俐落、偽裝瀟灑了。

孩子在成長過程中，學會一樣一樣不同的新事物，成就一樣一樣新的學習，那是天經地義的。八十歲的我竟然也有新的學習、新的「進展」，這可就希奇了。

最初發現到「新」的情況，是每天晚間吃宵夜的時間，一塊蘇打餅乾配一杯牛奶，以前都是吃得乾乾淨淨。現在卻不一樣了，吃完起身，總見一些餅乾屑從前胸落下、從嘴角飄下，或者，不知道什麼時候就已經悄然躺在地上腳邊了。

喜好乾淨的我，起初還沒有覺

悟什麼，只是多花點時間擦拭、抹去或撿拾而已。

漸漸地，不只是宵夜了，只要吃點東西，總是有痕跡留下，在地上、在腳邊都還好處理，最不喜歡的是湯漬，明明喝進嘴裡，卻不知道什麼時候，滴到了新換的衣襟上，或者在褲管顯眼的地方……。

開始有了煩惱，便是衣服總是弄髒，明明想要小心的，總是不知不覺「凸槌」，懊惱之餘，才想起了一些眼角餘光看到的情形。

在餐廳最西的窗戶邊，那個瘦老的爺爺胸前永遠有塊毛巾圍住，從左後頸圍到右後脖，以前從沒留意，原來是為了接住不小心漏下的食物渣滓或湯湯水水；也想起了坐在食堂中間的那個阿嬤，每次要上座前總要先圍條廚房裡常見的長圍裙，兩手伸進圍兜的兩邊，還得有人幫她把圍裙後面的繫帶繫好。原來如此，難怪他們的衣服都乾乾淨淨，原來食物都被圍裙、毛巾給接住了。

坐在門邊的阿嬤，坐在最後頭的阿公，他們都有準備，阿嬤是毛巾短圍兜、阿公是長形的布條。

原來，我已經接近需要圍兜的階段了，只是心理上還沒有完全準備而已。

還不只這樣呢！

過去出門，拍拍身上只要帶了車票、帶了鑰匙，開步就走，何等瀟灑自在！現在可不一樣了，出門前自己算計了半天，該帶什麼、該備什麼，以為都想好了，要邁出大門前，還是會有好心的人提醒：「帶雨傘了嗎？今天可能會下雨哦。」如果已經飄雨了，人家就會提醒，「小心噢，路會滑，帶根拐杖吧！」

拐杖？多難看！頭髮雖然飄白、手臂上臉上全是棕色或黑色斑點、皮皺肉鬆的，的確是老人，可還不至於到拄拐杖的地步吧！「小心點應該沒有問題……。」心裡這麼想著，腳步盡量求平穩，唯恐真的跌了跤，以後沒拐杖人家就不許我出門了。

出了門，見到其他跟我一樣用老人悠遊卡的「同齡」們，大家一起等車，他們的悠遊卡跟我的可不同，我是塞在長褲後面的口袋裡。他們跟我不一樣，上了車，有的掏出皮夾，皮夾帶著鍊子；有的掛在脖子前，必須彎腰靠近感應器；有的放在皮包內袋，掏了又掏，沒有嗶聲才知道拿錯了，是健保卡、不是悠遊卡。看著他們有的手忙、有的腳亂，自己還挺得意的，看！我多瀟灑！後褲袋裡掏出來，嗶嗶嗶，完成了又塞回原處，多麼快速！多麼灑脫！絲毫不比年輕人的動作慢多少。

可是，有一天，終於嚐到苦果了。

從小巴下來，去搭大巴士前，一摸後口袋，哇！怎麼空空如也，悠遊卡呢？這一嚇，非同小可，血壓一定飆高了！我坐了大巴士後，還要搭捷運，才能到大家約定見面的地方，沒有了悠遊卡，突然間就不會「走路」了！

還好那天身上有小銅板，老人只要八元，我丟了八元，另一趟丟了十元，幸好不是五十元銅板，不然我可虧大了。

從那次以後，再也不敢暗笑別人的長鍊子悠遊卡，以及掛在脖子上的嗶嗶卡了，他們是對的，他們不會像我這樣。我後來拜託年輕人幫忙打電話到巴士站問，有沒有撿到XX的悠遊卡，答案是有，然後還得問總站的地點，記下那偏僻的地址後，自己得投銅板上車，去到那從未去過的總站。還好現在的司機都很好心，替我這老人家保管了失物，讓我這「劉姥姥」拿回了二十四小時沒見到面的悠遊卡。

再也不敢瀟灑了，乖乖地把悠遊卡放進透明的卡夾中，乖乖地放在固定的地方，再也不敢認為別人的行為很「老」派了。

自以為瀟灑的我，領回失落的證件後，撐著傘走在無車的路上，走了至少有三個公車站牌的距離吧，雖然沿路風景很好，綠意宜人，水流淙淙，但是如果從路過的其他公車上看過來，這個老太太踽踽行走在郊區的路上，會不會看來有幾分淒涼！

我又學到了新的功課。外在的老不打緊，內裡的老才真正駭人，我就屈服了吧！老就要認老，不能強裝瀟灑。啊！真的，不能偽裝俐落、偽裝瀟灑了。

更上一層樓

失憶的狀況有很多種，有的今天記得、明天卻忘了；有的忘掉這一部分、記得那一部分，我知道我的情況是又向前了一步，離那團雲霧更近了。

小女兒在電話裡告訴我，她的小女兒小聿進了高職之後，成績猛進，現在是「學霸」了。哇塞！外婆聽到大為興奮，小時候注意力不集中的小聿，一直讓媽媽和外婆擔心的她，竟然會成為學霸！

記得幼稚園時，就被老師發現有「問題」的小聿，經過醫師治療，說她「統合不協調」，因此每週都要到醫院做復健。進行復健時，家長都不能入內陪同，只有小朋友在復健室裡面被教導著做各種動作，或個人動作或團體活動。

我也陪過她幾次，復健開始了，門被關上，裡面在做些什麼，我們大人都不知道。只聽到治療師的呼喊聲、制止聲，半個小時的療程，在外面的我不斷聽到治療師督促小朋友的聲音，「小聿！」、「小聿！」這個名字特別常出現，我就知道她一定懶洋洋地跟不上該做的動作了。

我這外婆只能乾著急，什麼忙也幫不上。心裡惱怒著，怎麼這麼不聽話！出來一定要狠狠地訓她一頓！復健時間半小時到了，門打開了，小朋友紛紛出來，找自己的鞋穿上，小聿常常是最後一個，悠哉悠哉地出來，把最後的一雙鞋慢悠悠地穿上。

「今天做些什麼動作？」我問她。

胖嘟嘟的小臉無邪地看著我，再問，她聳聳肩。

陪去了好幾次，才從她口裡問出個「滾雞蛋」的動作，其他的就完全不知道了。

小聿上了國小後，復健依然持續，一直到五年級，不曉得是醫師認可，還是小聿自己懶了，總之復健停了。

在我的印象中，小聿的成績一直吊在車尾，到了國中亦然。全班二十個人，她考第十八名，我們也早已習以為常，沒想到竟然聽到她成了「學霸」！除了英文略差之外，其他成績都名列前茅。

這真是好消息：孫女兒有進步了。

外婆這邊，也在「進步」著，不過，可不是好消息。

在醫院繳交診療費時，隔兩個窗口的距離，有人向我招手，之後，她繳完費了，走過來問我：「妳還住在那裡嗎？」我點頭，不知道她怎麼認識我的，不過當然，我也報以微笑。

直到她走遠了，我才記起她是誰。她不是曾經在養老院住過一陣子，後來實在不習慣又搬回去的那對夫妻中的太太嗎！我知道她住在醫院附近，可是她叫什麼名字呢？我完全不記得了。
雖然七十歲後也常忘東忘西，不過，心裡知道並不太嚴重，算是輕微的吧！現在可不然了。
吃宵夜的時候，從餅乾盒裡取出脆脆香香的餅，從冰箱拿出甜柿，和先生愉快地吃了起來。
先生說：「好吃，在哪兒買的？」
「是人家送的。」不過，我愣了半晌，「我不記得是誰送的了。」是誰呢？四樓的她？六樓的她？還是七樓的她？想了半天，想不起來，只好開著玩笑說：「要告訴人家，別送我們東西了，竟然忘記是誰的好意！」
在家是這麼說，當然不曾真的告訴人家，要告訴誰呢？總不能逢人就說：「你以後別送我東西，我一下就忘了是誰送的了。枉費了你的一番好意！」

耶誕節近了，有人寄了賀卡來，卡片上寫著，雖然是一年一次的聯絡，不過，心裡還是時常想念的。

我買了一張卡片回來，坐下來把信封上的收件地址寫好了，我的住址也寫了，但中間空著收件人沒寫。我記得她姓邱，但是什麼名字呢？碧蓮？碧珠？碧華？這幾個都是我的朋友，但不是她，她到底叫什麼名字？想不出來，只好回房裡把櫃子上的卡片取下來，看看署名：「碧治！」

唉！怎麼竟然忘了這當年經常掛在嘴邊的名字呢？而且昨天接到卡片時還興高采烈地告訴外子，「邱碧治來卡片了！」怎麼不到半天的工夫又完全把她的名字忘了呢？

孫女進步是令人高興的事，我的「進步」可叫人擔心。這可是一步步向失憶走去的路啊。

院內的老人家，也有比我年長的，有些人是真正地「失憶」。不過，失憶的狀況有很多種，有的今天記得，明天卻忘了；有的忘掉這一部分、記得那一部分，我知道我的情況是又向前了一步，離那團雲霧更近了。

我得趕緊看我想重讀的《論語》，我得趕緊寫我想寫的文章，希望不要太早進入「雲深不知處」的窘境。

忘了？忘不了？

忘不了，這許許多多的恩情，過了七十年的現在，想起他們，我的眼眶還是忍不住泛起淚水，過去的艱辛歲月歷歷在目。

和多數的老人家一樣，我忘不了過去，卻忘了現在。

年輕時候滿喜歡的一首歌是〈不了情〉。還記得一些歌詞彷彿是這樣的：「忘不了，忘不了，忘不了你的錯，忘不了你的好，忘不了雨中的散步，也忘不了那風裡的擁抱……。」

好美的歌，好美的青春。

老了的我也有許多忘不了的事，記得我們住了好多年的日式房子，記得二二八事變時，父親躲在榻榻米下面低矮的空間，我和母親坐在撬開過的榻榻米地板上方，榻榻米上鋪著被子、掛著蚊帳，我和母親坐在鋪著的被子上，認為這樣就沒有人會發現父親了。當然，害怕還是有的，忐忑不安的我們心驚膽跳地害怕有人來敲門，萬一是不友善的人怎麼辦？

最忘不了的是巷子口米店的老闆，他姓林，名進得，他的米行就叫「進得米行」。他是對我們友善的本省人，那些日子，他更是對我們保護有加，有些本省人是仇恨我們的，但是只要有林先生在，他保證會告訴鬧事的人，我們是他的好朋友，不讓我們受到傷害。那些日子，幸虧有他的友誼，我們受到了保護，後來也幸好沒事。這些發生在我幼年時候的事，我雖懵懂，卻永遠記得林桑和他的米店以及他的友情。

父親因白色恐怖被捉，是在我十歲那年，那也是永遠忘不了的大事，親友們為我籌措學費，讓我讀完小學、讀完初中，父親的朋友王旋宇伯伯在開學前為了我的學費向一個個父執輩募款，好讓我可以上學，這樣的恩情怎麼能忘記？

生活中，我們遇到了困難，沒有了父親的薪水，母親得找一份工作，沒有文憑的她，幾乎什麼也不能做。幸好同鄉的林太太很快提供了主意，她身子弱，想找人幫忙洗衣，於是母親有了第一份工作；然後，對門的上海太太也說要請人幫忙洗衣，於是我們的日子才得以過了下來。當時我年紀小，完全不懂人情世故，所以以為她們真的需要人幫忙洗衣，怎麼也沒想到這是她們的好意幫忙。現在的我想起來，才開始了解：之前她們都自己洗衣，怎麼我們遇到了事故，她們就需要請人洗衣了呢？她們也不是富貴人家，不過是藉這個名義，好心幫忙了母親而已。

啊！忘不了，這許許多多的恩情，過了七十年的現在，想起他們，我的眼眶還是忍不住泛起淚水，過去的艱辛歲月歷歷在目。

真的，往事難忘，忘不了，忘不了。

可是，現在的我又怎麼了呢？

和多數的老人家一樣，我忘不了過去，卻忘了現在。

不要指著電視上的明星問我：「他叫什麼名字？」本來我是記得他的，每一個字都記得，就在前一秒真真切切地記得，可是經這麼一問，我張著口卻什麼也答不出來，明明在嘴邊的，明明熟到不能再熟的名字，突然，好像一片厚雲遮住了太陽，我叫不出太陽的名字了。

和同住養老院的朋友談天，她說喜歡讀《論語》、《孟子》，閒來常翻閱的就是這些聖賢書。我是國文系畢業的，聖賢之言哪會少讀？聽她一提，我也把自己的意見貢獻出來。我說，聖人真是聰明，那麼久遠的年代之前，他就能說出現在我們才懂的哲理，真不愧是聖賢。

當然，兩人相談甚歡之下，我一定要舉出一些例子來說明前人的智慧，也表現一下國文系沒有白讀的心得。可是，我的手停在空中，我要舉例的經文突然隱沒，怎麼也抓不出來，好慘，明明想表現一下我不是沒學問的人，結果，卻毀在忘詞、忘文的尷尬中，徒然讓自己暴露了「無知」、「吹牛」的形象。

日常生活中更是忘東忘西。出了門又回頭，老伴問：「怎麼了？」「忘了悠遊卡。」一進了電梯又回來，不待老伴問，自己先招認：「忘了手機，沒辦法聯絡你。」手機放好了、悠遊卡也帶了，放心出門去了，臨出門前，老伴提醒：「傘帶了沒？」

傘是一直放在包包裡的，出門才不會忘了帶，臺北人嘛，哪個人不知道，晴時多雲偶陣雨的變化多端呢？不過，回來時是不是能帶回來可就說不定了。

還有更近在眼前的事例，今天早上潘奶奶在餐廳靠近我，「等一下妳去教會團契回來時，來我房裡一趟，我有些話要跟妳說。」

潘奶奶已九十五歲，平日裡不會這麼慎重地跟人約定什麼，她這麼說，我當然點頭同意。團契活動就在四樓的才藝教室，聚會完去搭電梯時一定會經過她的房間，這麼順路的「約會」真是太方便了。

沒想到，午餐時間，她老人家慢慢地走來，到我的餐桌前，問我：「妳忘記了嗎？」啊呀！完全忘光，走過她房間時，甚至沒有任何感覺，就直接進電梯回房間了。

千道歉、萬道歉，也挽回不了事實，我懊惱得不得了。潘奶奶倒是好心，她沒生氣，還把自己的餐盤搬過來，放在今天外出的王奶奶位置上：「那就在這裡跟妳說吧！」

奇怪了，九十五歲的潘奶奶沒忘記，八十歲的我卻忘得一乾二淨，這怎麼得了。

下回，如果您跟我有什麼約定，一定要再三提醒我：記在月曆上，記在書桌的紙條上，好嗎？真怕自己轉個身就忘了，這真不是我希望的事。

漸行漸近

這個老爸不知道他的女兒會擔心、會著急嗎？超過那麼久的時間，他去哪兒了？迷路了嗎？為什麼不過街到我們約定的地方等我？害我急得胃都糾成一團痛得要死！

每天早上六點，郵箱的櫃子會被開啟，報紙一份妥妥地被放在木板層上，等著我們拿來閱看。

我們家訂的是XX報，這已是四、五十年的閱報習慣了，從父親開始，我們家一直訂閱它。住進養老院後，雖然大廳裡有許多份報紙免費供應大家借閱，但我們還是習慣自己訂一份，可以慢慢地看，更可以選自己喜歡的看。

最近看報紙，我發現有很不同的感覺，影劇版上的明星，以前我都認識，現在，多半是不認識的，說他是帥哥，說他戲演得多好多好，說他演過什麼什麼，我的印象中竟都沒有這些名字！不禁想念起父親。

那時候，我們看中視的綜藝節目、歌唱節目，看得津津有味，父親常會指著一個明星問：「這個是誰？」

「很有名啊！最近紅透了，他唱過ＸＸ、ＸＸ，都好聽極了。」

父親看了一會兒、聽了一會兒，搖著頭說：「沒看過，怎麼我愛看的某某和某某都不見了？」

「那是老歌星了，現在這個人才流行，他唱的可是新歌呀！」父親微嘆著氣走開了，還搖著頭。

原來，我已經走上跟父親一樣的路了，新人不認識、不喜歡，老人又不出現，看到的都是陌生的、比孫子年紀大不了多少的「新星」。

記得父親愛看有劇情的節目，後來幾年他卻多半瞇著眼，又像在看、又不像在劇情中的樣子，他怎麼了？他說：「字幕太快了，來不及看。」明明很清楚的字幕啊，不快不慢，以前他都跟得上，現在怎麼了？眼睛轉動的速度變慢了嗎？暗地裡隱隱覺得他很奇怪。

現在輪到自己了，多年來一直有看電影的習慣，字幕再快，也沒問題，情節一直是了然的，可是兩年前開始不一樣了。

每次看電影都是么女陪我看，因為她的公司有休假制度，可以請假，我們每週約會一次，一起看一部電影，有時在華納威秀，有時在美麗華，每次都看得很開心。

漸漸地，有一點改變了，以前坐末排就可以看得很清楚，不知道什麼時候起，不一樣了，要坐十二排或十三排我才看得清楚。女兒的眼睛還不錯，坐最後排也行，坐前排也可以，所以隨我喜歡她都奉陪，這就是年輕的好處吧！我並沒有太在意。

然後，女兒說我在電影過程中有睡著過，是嗎？我只記得眼睛有點累，閉了一下而已。

「媽，妳睡了兩次。」她說。

怎麼會？她難道不看電影專門在關心老媽嗎？不會吧！我真的睡著了？想起父親說的字幕太快，是不是我的眼睛也開始跟不上字幕了，所以會勞累？所以會瞌睡？

再來，我更像我爸了，不認得這個明星、那個明星。孫女把她手機上的偶像秀給我看，下一回再見面，她秀了一張照片，我自信滿滿地說：「妳的偶像！上次妳給我看過的。」

「外——婆——」孫女很無奈：「不是啦，這個人是喜歡我的，要跟我告白的那一個。」我哪知道？年輕人都長一個樣子，叫外婆我怎麼分辨？

父親八十歲那年，我開車送他去公保二門診看診，約好看診完後在同個地點接他，結果花了好久的時間，我一再繞圈再繞圈，都接不到他老人家。我急，我擔心，我焦躁，我氣；跟他講那麼清楚，「在原地在原地！」他是怎麼了？臨時上廁所？肚子不舒服？信義路我都繞了不只九遍了。他到底怎麼了？

我不得已把車開到門診門口，詢問警衛，等到我第三次來到大門口，才發現父親縮在門邊。

我一肚子火，這個老爸不知道他的女兒會擔心、會著急嗎？超過那麼久的時間，他去哪兒了？迷路了嗎？為什麼不過街到我們約定的地方等我？害我急得胃都糾成一團痛得要死！

問他，他卻無辜地說：「那條路是反方向，這邊妳才可以停車啊。」

我沒暈倒真是奇蹟了，信義路老早改成單行道，「早上我不是停在那邊讓你下車的嗎？」

「我不知道，什麼時候改的？」

那一次，著急、焦慮、生氣：「早上我明明……」但是有什麼辦法？父親他還委屈呢！「我……不知道……路……改……單行……」現在的我，真像那時候的他，哪條路？怎麼走？都是壓在心頭的大石，不再是從前輕鬆以對的小事了。

院裡的郁奶奶這幾年也變糊塗了，女兒遠從國外回來看她，兩個人的對話卻雞同鴨講。

她的女兒我們都認識，因為她一年總會回國一、兩次來看媽媽。這一次，她覺得母親的情況更「奇怪」了。她附著我的耳朵說：「怎麼辦？希望我以後不要像她……」

我點點頭，明白她的意思，我也不希望像我父親啊。可是，我愈來愈像他了。

包公難斷

琼說我「已經」送過她兩本同樣的書，我卻「不記得」？既然送給了她，她為什麼也不記得？還把第二次收到的書歡歡喜喜地像新書一樣看完呢？

太好笑了。

琼告訴我，我的第三本書《還不錯的老後》她看完了。我拍拍手，謝謝她。真的，有人願意看我的書，可真是值得高興的事，所有寫作朋友都會同意我的看法的，何況現代人已經很少看紙本書了。

琼點點頭接受了我的致謝。她繼續說：「我看完後，把它放到書架上，打算把妳的三本書放在一起。」這是應該的，因為這三本書都是寫「老後」，我每出一本新書，都會送她，三本看完了，放在書架上「排排坐」也是很不錯的安排。

可是，琼臉色一正，告訴我：「我一看，奇怪了，書架上已經有三本了。」

「怎麼會？哪一本重複了嗎？」

「第三本已經在我的書架上了。」琼說：「妳已經送過了。」

「妳不是才剛看完嗎？如果妳看過，不會覺得故事重複了嗎？」

「我看的時候一點都沒有『看過』的感覺，可是書架明明已經有第三本了。」

這時候是三月下旬，書是三月七日出版的，難道我一收到書就送給了琼？可是，為什麼我沒有「送出」的記憶呢？又為什麼她也沒有「收到」的記憶呢？她竟會從頭到尾把新書看完，卻沒有熟悉的感覺？

太奇怪了。

我已經八十歲，糊塗有理，她才七十歲，就這麼前因後果弄不清楚，有沒有看過竟然沒有印象嗎？討論是誰錯也沒用，最後決定下一回見面，她把多出來的那本帶來，送給現在在土耳其旅行的綺。

書的下場有著落了，可是，兩個人的記憶庫是怎麼了？怎麼會同時亂，而且亂成一團呢？

這大半年，我的記憶的確愈來愈糟，以前很熟的人名，就是說不出來，只能用周邊的環境、他的行為處事來解釋那個人，但是，時常是怎麼解釋別人也聽不懂的。

就在嘴邊的人名、地名，準備講出時好像很簡單，一到嘴邊卻突然結巴了、講不出了，接著那個名字就隱沒了，任我如何想破了頭也抓不住它。

很多時候是和人面對面相遇，對方笑嘻嘻地問：「好久不見了，先生好嗎？」

「還好。」我也笑嘻嘻，這人是誰呢？是認識的人沒錯，但他是誰啊？在養老院住過嗎？還是過去的鄰居呢？大腦整理不出一縷一絲的印象。

還好！老了、臉皮也厚了，雖然一點也想不起來，卻也能隨意聊幾句，掩飾過去，直到對方的背影消逝，走遠了，還是記不起他到底是誰？

從前我的記憶可不是這樣子的。雖然不用功，考試的時候卻總能低空掠過，就是靠著臨時激盪著腦力的強記。

更有趣的是，連音樂也是靠記背的，那時，我才十六歲，師範學校音樂課有視譜訓練，每節課都要先過了視譜這一關，老師才會開始正式上課教學。

小時候學習遲緩的我哪會看什麼五線譜，可是每個人都一定要走到鋼琴邊，跟著老師的彈奏，唱出曲譜，我每回都能通過，靠的就是多聽幾遍別人的練習，把那些看不懂的樂音給背了下來。現在想想，還真是值得驕傲。「豆芽菜」也能背住、記住，遲鈍的我還不算太差嘛。

當了老師之後，別的本事不見得有，記學生名字的快速程度卻是比旁人快許多，當然一方面也是自我要求，希望記住所有學生的名字，維持班上的秩序會更容易些。

退休以後，去學英文、去學日文、也學老歌，總以為藉此可以延緩老化的速度……。

沒想到，還是「來」了。

起先是一般的健忘，忘了站起來是為了拿什麼東西，忘了剛才話講到哪裡，忘了該買洗衣精，但這些都還算小事，頂多再跑一趟、二趟。

其實，月曆上都有記的，幾號去看眼科、幾號和老同事聚餐，一般說來都還OK，只要記得去看月曆。

有一回，可嚴重了，因為心臟科醫師要出國開會，時間有了改變。本來三個月看一次診的，當中有一次要提早，我卻忘了寫在月曆上，於是，等到沒藥可吃了，這才突然想起醫師已出國去了。可是，血壓的藥豈能突然斷掉？

那一次，驚嚇的程度實在太大了，我猜血壓一定飆得很高，可我不敢量測，只能趕緊補救；去掛一個不認識的醫師，向他坦白一切，並且感激地認定以後這位「救」我的醫師，將成為我永遠的主治醫師。

那是我最荒唐的一件「失憶」，那麼重要的事竟然忘了。

可是，現在更荒唐了，琼說我「已經」送過她兩本同樣的書，我卻「不記得」？既然送給了她，她為什麼也不記得？還把第二次收到的書歡歡喜喜地像新書一樣看完呢？

就是包公再世，我想他也只能狂笑到上氣不接下氣，叫他斷案，恐怕也難了。

告示

我把赤紅臉盆帶上樓，在電梯鏡子裡看見自己的臉也紅了。真是不好意思，我也許過度熱心了。寫的是粉紅色，我拿的卻是赤紅色。

電梯裡新貼出一張告示：「失物協尋」，我趕緊看一下內容：告示上面寫著「女用手錶」、「粉色臉盆」，旁邊畫了很大的圖，一支白色手錶、一個粉紅色臉盆，告示下面寫著請發現的人協助送交櫃檯。

手錶我沒看到過，臉盆倒是有，在我們樓層的洗衣間，多出了兩個沒人理會的臉盆，一個深藍色、一個赤紅色，已經擱在那兒快一週了。我不知怎麼突然雞婆了起來，把赤紅色臉盆拿到櫃檯，我說：「在我們樓層沒人拿回去，是這個嗎？」

「不是、不是。」小姐猛搖著頭回答，「是粉紅色的。」我把赤紅臉盆帶上樓，在電梯鏡子裡看見自己的臉也紅了。真是不好意思，我也許過度熱心了。寫的是粉紅色，我拿的卻是赤紅色。他們也許不覺得我是熱心，而是失智，粉紅色和赤紅色都分辨不清，還巴巴地帶上帶下。

尷尬地把臉盆放回原位，不到兩天又有新的布告出來了，也是失物協尋，這次寫的是藍芽耳機和助聽器。

有人在笑：「助聽器怎麼可能掉？」「耳機怎麼會掉？」

但是告示一直貼在電梯裡，可見失主是真的認為掉了，告示沒拿下來，就表示他的困惑還沒有解決。

走過櫃檯，我難免會關心一下，工作人員是韋先生，他沒有告訴我電梯內的那兩張告示解決了沒有，卻告訴我另一個案件。

他說：「冬奶奶掉了錢，那是星期一的事，她到星期五才告訴我們。」過那麼久的時間，還查得出來嗎？

「調錄影帶出來看啊！」韋先生說。週一到週五，到底什麼時候掉的？是誰進入過奶奶的房間？

錄影帶調出來，倒帶到週一，從週一看到週五。

「誰有時間看？」我呆呆地問。

「大家都在忙。」韋先生說：「只有讓她的兒子來看，看有誰進入過奶奶的房間。」

「後來呢？查出是誰了嗎？」

「沒有人進去過。」韋先生感慨地說：「卻讓她的兒子坐在這裡看了六小時的錄影帶，累壞他了。」真累，不過母親說掉了錢，兒子也只好幫著找，拄著杖的奶奶連一刻鐘都坐不住，只好勞煩兒子了，可是根本就沒有人在這段時間內靠近過奶奶的房間，到底是怎麼回事？錢真的掉了？放錯地方了？藏在哪裡自己忘記了？還是……？無解。

其實，掉東西的事老早就有耳聞。

我隔壁的郭奶奶常常抱怨棉毛褲不見了；與我同樓的劉奶奶懷疑在她回家探視重病的老先生時，有人進她房裡抱走她的衣服；有人發覺銀飾不見了。有人懷疑別人進過自己的屋裡順手牽了什麼。

這些事是真是偽很難測定，那些丟了東西的人，並不是愛說謊的人，他們真的找不到東西，而他們突然記起來的東西，真的存在過嗎？這是外人很難測定的。

韋先生說，也有人真的掉了錢，後來找回來的。不過，那是多年以前的事了。

那年農曆年剛過，有位奶奶說她的六千元紅包錢不見了，當年的主任請人替她找，全屋子都翻遍了，還是沒發現這筆錢，那時候，垃圾車還沒有來，每層樓的垃圾還沒有集中，主任請人去那位奶奶所住樓層的垃圾箱，把一包一包的垃圾打開來檢查。

「找到了嗎？」

「找到了。」韋先生說：「是奶奶自己做的事。她把錢包在一個空藥袋裡，摺得好好的，可能後來以為是沒用的東西就扔掉了……」

哇！真是不容易，從垃圾箱裡一袋一袋找出來的呢！

當年的奶奶早已不知去向，當年的舊事由知情的人口中說出來，讓我們又多了一些處理事情的方法。想想，管理我們這些漸漸糊塗的爺爺奶奶們，工作人員真是辛苦了。

明亮的眼睛

想起古人的「視茫茫」，我還是感恩現代的醫學。古人會一直茫下去，但是我們可以換新的水晶體，雖然過程中也許需要時間適應，但是，之後便是看得更遠、更仔細、更清楚了。

原來的眼科醫師是名醫，病人特別多，我聽了養老院中朋友的介紹，才去掛他的號，他每次都說我的白內障還不到動手術的時候：「過兩個月再來看看。」後來，我懶得換車又換車，還得走一小段路，所以放棄跟隨這位名醫，改到附近的醫院，掛了一個女醫師的號。

女醫師問了我先前的看診，聽了我的敘述之後，說了一句：「如果是我的病人，我會建議，可以開刀了。」於是，我跟了這位女醫師。

先是開右眼，右眼毛病很多，一會兒結膜炎、一會兒角膜炎，後來甚至住進來一條淺黑色的魚，問了先前的醫師，他說是飛蚊症。飛蚊症我知道，有很多蚊子飛過來、飛過去，但怎麼可能是條大魚？我要先開右眼，事實上也是希望把這條大魚請出去。

手術的確如別人所說，很快就結束了，似乎用不了半個小時。術後，新的水晶體真的比以前明亮多了，以前等公車，公車若不到我眼前，我總是看不清那些數字，現在遠遠的，車子從橋上下來、過號誌燈緩緩駛來，在橋上我就認出了上面的號碼。

我很高興，像別人說的，眼睛一下子亮了不少。但是，怎麼回事？在黑暗處，一隻大魚的身影若有似無地又出現了，換了新的水晶體，它怎麼還在？

不得已，我只得向醫師坦白有大魚這件事，我說：「換過水晶體，我以為它會消失，可是……」女醫師毫不訝異，她很簡潔地告訴我：「不可能消失的。」如果是一群飛蚊呢？「也還是原來的樣子。」那就沒輒了，只好和它共存吧！

後來，聽說幾個居民也都在這個時間開了白內障。

難怪，餐廳裡總有三、四副墨鏡出現，碰到了都會問問彼此的眼況。大家的情況似乎都不是挺好，動過手術後都有過發炎的現象，也都特別畏光，因此都得酷酷地戴著墨鏡。

同病相憐，我們這幾個人遇到了都會多談一些，不只談眼睛，也問候一些別的事。「我還有一邊眼睛還沒動手術呢！」他們都祝福我這隻眼睛會好一點。

嬅打電話來問候我的眼睛之後，她說，她也得動手術了，醫師說不動不行了。

嬅從小就只有一隻單眼，幸好失明的那邊看起來好好的，沒人發現她是獨眼龍，只有她和她的醫師知道。「我真害怕！」她說：「你們開壞了還有另一隻眼，我要是開壞了，就完了。」連生活自理的能力恐怕都有問題了。我不安地想。

但是不開也不行，聽說有人錯過了時機，白內障會硬化，到時候不能開刀，視力全無，只會更糟。「只好搏一搏了。」嬅說。

她今年已經八十五歲，比我大五歲，卻和我同時間開刀，已經算是很好了，也有人在七十歲左右開刀的。除了嬅，還有好友秦，也打算進行手術。

那一陣子，電話裡聊什麼話都簡短，重要的是詢問眼睛開刀的事。我只是先上了手術檯，其他情形都不清楚，秦問得詳細，我卻一概不知。

終於，嬅戰戰兢兢地去動手術了，我的第二隻眼睛也換了水晶體，秦在電話裡也告訴我，她的手術算是很成功的。

過了一陣子，嬅的眼罩取掉了，問她，「如何？很亮嗎？」她的答覆很怪：「算是很亮。可是……」

「怎麼了？」

「一團團棉絮在飄，好多，好可怕噢。」

「問過醫師嗎？」

「醫師說是飛蚊症，可是以前我的眼睛裡沒有這些東西的。」嬅只有一隻眼睛，開過刀又浮出棉絮來，讓人很不放心。

秦的電話比以前更頻繁，問的都是眼睛的事。

「妳的視力比以前好嗎？」她問。

「看遠的是好多了，可是看近的有些困擾，看不見。」

「醫師怎麼說？」

「說是老花眼，要我去配老花眼鏡。」我有了老花眼鏡之後，方便多了，嬅也很高興地告訴我：「大棉絮比以前少了些。」

直到現在，我還在點三種眼藥水，總覺得眼睛比從前容易累。嬅的大棉絮沒了，小棉絮還在眼前飛飄，「好多了，慢慢要習慣了。」她說。秦前一陣子還在埋怨不能看書，看書時眼睛特別累，不過，最近她報告了好消息，寫文章不覺得眼睛累，只是看書還是疲倦些。

想起古人的「視茫茫」，我還是感恩現代的醫學。古人會一直茫下去，但是我們可以換新的水晶體，雖然過程中也許需要時間適應，但是，之後便是看得更遠、更仔細、更清楚了。

這是我的父母那一代永遠無法想像的。我們會有新的明亮的眼睛。

為什麼

美是我們的美，但又不是那個美，都八十歲的我們，終於認定了，美恐怕是失智了。她不再是活潑好動，能引吭高歌、能手執桌球拍的美了，她的裡面有什麼被抽走了，只剩下空殼的她。

碧來電話說：「美最近就會回來。」我還沒表現出興奮之情，碧便在我腦中敲了下警鐘。「這是她最後一次回來，良說的。」良是美的丈夫，他們久居國外，每兩年才回國一趟。

美回來了，我們這些同學都非常開心，因為美又會像說故事一樣敘述她在國外的生活、她兒子的成就、她孫子和孫女的成長……。她好會說話，每次都把我們帶到一個快樂的境界，彷彿親眼目睹他們一家在國外幸福的生活。

當年我們還是同學時，美便是全才，書唸得好，不算太希奇，她是樣樣都行、樣樣都棒，可就讓人羨慕萬分了。

有不少同學書也唸得好，可沒有人像美這樣全才：她唱歌簡直就像電影上的女主角，英文發音又標準，歌聲又嘹亮；她畫的圖人人稱讚，老師永遠給她很高的分數……。

成績好的同學不少，但是大多都安靜無聲。美卻不然，一下課她就據乒乓桌以待，有個不成文的規定，打五球都輸的人就下桌，換後面的人上來，美永遠是桌上的霸王，她永遠不會下桌，只有對面的人有機會上桌，排在她後面的人只好紛紛轉隊，我們挫敗下場後，只能呆呆地看她俐落的好身手，心中當然有上天不公平的哀嘆，為什麼她可以那麼漂亮地殺球，我卻只能被殺？

她的功課非常好，沒見她花多少時間唸書，成績卻總是在我們這些人之上。

畢業後，她到有名的私校教書，能言善道，得學生、家長、校長的喜歡、賞識和敬重。

婚後，她生了兩個兒子，都遺傳到她和先生的聰穎，在國內唸書時成績就不錯，之後就出國唸大學了。再後來，兒子接她和良出國同住。我們便只能兩年見面一次，聽她說國外的生活種種。

每一次她回來，我們五人幫就要聚一聚，到大飯店去吃吃喝喝，聽她精采的分享。

這一次為什麼會是最後一次回國呢？不安之下，我打電話問碧：「怎麼了？為什麼說她是最後一次回國呢？」碧不安地說，她也不太清楚，電話是良打給她的，沒聽到美的聲音。

忐忐忑忑地到了約定日期，我們到了良約定的地址，從沒來過的地方，按了門鈴，良出來接我們上樓，電梯是有密碼的，他若沒有下來，我們上不了樓。

「美呢？」好動的美怎麼可以不下來迎接我們？他點點頭：「在房裡，等著妳們呢！」

我們跟著他上了某一層樓，出了電梯，被他帶進一間小房間。「美呢？」沒見到美，卻有一個長相有點像美的女人在房間倒茶、準備糕點。「她是美的二妹。」良說。

怎麼回事？美呢？「我姊在穿衣服，馬上出來。」

千呼萬喚，美出來了。是她嗎？美是活潑的，這個人卻沒有表情，美是健談的，這個人卻靜靜坐著。我們熱情地叫她，她沒有應聲。

「我是誰？」枝懷疑地問她。

她說了，沒錯！她說的是枝的名字，但是怎麼會這般沒有熱情呢？平平淡淡地說，臉上沒有一絲表情可以讓我們看出她真的是那個活潑熱情、說話有趣、表情生動的美。好怪異噢，美，她是怎麼了？

後來，我們又去了那個奇異的地方兩次，美是我們的美，但又不是那個美，都八十歲的我們，終於認定了，美恐怕是失智了。她不再是活潑好動，能引吭高歌、能手執桌球拍的美了，她的裡面有什麼被抽走了，只剩下空殼的她。

良在回美國前告訴我們，他會帶美去住養老機構，他會寸步不離開她。他給了我們養護機構的地址、電話，還說我們可以打電話給他。

半年過去了，碧打過電話，沒有人接，美怎麼樣了？良怎麼樣了？我們都無法知道。

幸好回來過，幸好，良把她的情形告訴了我們一些。

不過，午夜夢迴，還是不能接受這個事實，那個能幹活潑的美，為什麼突然對我們失去了興趣？為什麼突然不再理會我們了？

家在哪裡

到底哪裡是劉奶奶心中真正的家呢？有時在這裡吵著要回家，有時在外頭又吵著要回這個家，九十三歲的她認定的家到底在哪裡呢？

那首歌是大家都會唱的，「我的家庭真可愛……冬天溫暖夏天涼……」唱的時候，大家都還是小學生，雖然知道家裡有溫暖、有呵護，雖然唱得聲高音揚，卻並不深知其中的幸福真味。

姊妹兄弟吵吵鬧鬧，卻也常笑聲連連；房子雖然不大，但都有臥息的床鋪、都有寫功課的書桌。那時候的家，真是甜美，是能夠庇蔭的好所在，長大了，離開父母，有了摯愛的另一半，做了一家的主人，那裡還是甜蜜的家。

這時，有另一首關於家的歌：「順著小溪看下去，木屋站在那裡，那是我溫暖的家，我住在那裡。」

家，仍是溫暖的。

漸漸地，年齡增長了，年過半百了、年過七十了，兒女分別出去，成立了自己的家。

這時候，另一半身有微恙，自己年歲也大，很難獨力照顧，於是遷進了另一個「家」。這個家很大，有好幾層樓，都是年齡相仿的住戶，關起門來另有小天地，開出門去是個大家庭。有人是夫妻相隨，有人折了翼單身入住，都是被稱為爺爺奶奶的人家了，應該算是「銀髮」之家吧！

我就住在這個銀髮之家裡，和我的先生一起。

很多人家住了很久，八年、十年的都有，劉奶奶就是其中的一個，她以前頭腦特別清楚，跟誰都很好，別人若有爭執，她都會去排解，人家也都聽她的意見。

可是歲月這個可怕的東西，漸漸磨損了大家的記憶，折損了生活的種種能力。劉奶奶也被歲月之流帶著，漸漸沉入奇怪的漩渦裡。不只這樣，她還被莫名的疼痛侵襲，有時腰痛、有時腿疼，就連身體也漸漸佝僂。

但是她的人緣還是很好，大家常聚在她的房間裡說東道西，盡興之後才離去，九十歲過後，孝順的兒子要接她回家裡住，她堅決不肯，只肯接受他們為她請的二十四小時看護。

兒子媳婦時常來看她，有時帶她出去用餐，但是用餐之後，她堅持不回他們的家，她要回「自己」的家。這是很正常的現象，我們很多人也都這樣出去和兒女用餐，之後回我們的銀髮之家。

可是劉奶奶又多了些怪異的變化。

有一天聊完天，大家起身散去，她拉住一位開車的朋友：「我跟你回去。」什麼？那人駭然：「跟我回家？」

「坐你車，你陪我回家。」

「妳家？」大家都呆住了，那個稍微年輕一點的朋友更是不知所措：「送妳回家？噢，我知道了，回大哥那裡對不對？」大哥指的是劉奶奶的兒子。

「我要回我家。」劉奶奶堅持。「不去別人家。」

她哪裡還有家？女兒遠在國外，兒子一直邀她同住都被拒絕，除了養老院，她哪裡還有家？

那天，我嚇得先行離開，不知道他們怎麼勸慰她老人家的，隔天問她的看護小米，小米說：「大家都逃走了，後來，劉奶奶也忘了這件事，好像什麼都沒發生過似地。」啊！原來遺忘有時也有它的好處。那天我這麼深深覺得。

後來，「回家」變成劉奶奶的口頭禪，大家正說著話呢！她突然著急起來：「該走了，小孩都回來了，要弄吃的給他們。」應該是回到從前的歲月了吧！上學的孩子要回來了？

當然，沒有人會答應帶她「回去」，都是東說西講，把話題扯遠，混淆她的記憶，這樣，才能把她的焦慮化開，大家也才能安心解散離去。

半年前，劉奶奶的女兒從國外回來，她聽說了母親的情況，於是在國內買了幢房子，打算以後定居臺灣和母親同住。

「國外的房子呢？」我不免好管閒事。

「給我女兒、女婿吧！」那可皆大歡喜了，我、小米和其他的住戶都為劉奶奶高興，有這麼孝順的女兒，劉奶奶也會很感安慰吧！

誰知道，事情的發展完全出乎我們的意料，新房子過戶了，女兒回來打算定居了。興高采烈地把媽媽接去，先讓她熟悉環境，短短住個幾天，之後慢慢再辦遷入的手續。誰知道，不到三個小時，女兒和母親坐著計程車回來了。

「怎麼了？不是要住個三、兩天嗎？」

「媽媽一直吵、一直吵，鬧著要回來。」

女兒表情疲倦：「她說，我要回我的家，我說，這就是妳的新家了。她不肯，她說要回家，她說要回這裡。」

那麼！到底哪裡是劉奶奶心中真正的家呢？有時在這裡吵著要回家，有時在外頭又吵著要回這個家，不知道九十三歲的她認定的家到底在哪裡呢？

原來，她把她的輪椅當作車子了，把推輪椅的女看護認為是司機。原來，她每次要借錢，都是為了要付錢給「司機先生」。

童話

沒有人小時候不看童話故事。白雪公主啦、後母啦、毒蘋果啦，看得人緊張兮兮，後來白馬王子來了，公主醒了，又讓人歡喜慶幸。

小孩子講的話，也跟童話書大有關聯，聖誕老公公、麋鹿、雪橇、床頭襪子裡的禮物，每年總要半信半疑地猜測著、等待著。

童話總是很有趣的，充滿豐富的想像力。

記得有一年，第二個孫子對襪子裡的禮物有點起了疑心；他說：「今天晚上我不睡覺，我要等著看，到底是不是聖誕老公公送禮物來。」

等著等著，他還是睏得睡著了。第二天早上他疑喜參半，看著聖誕老公的禮物，問他爸爸：「是你吧！聖誕老公公怎麼會知道我喜歡什麼？」

學經濟的老爸平日都不開玩笑的，這天竟然也童言童語起來，他說：「每個小孩想要什麼，聖誕老公公當然都知道，不然天庭早就把他 fire 掉了。」

幾個孫子裡，二孫最皮、童心最重。有時他上廁所久久不出來，我進去催他，一看！老天，他一直在按沖水鈕，嘩嘩嘩，嘩嘩嘩，水不是免費的，「你在做什麼？」

他抬起無辜的眼，問我：「外婆，它們去哪裡了？」

「誰？」

「水呀！」

「水把髒東西沖掉就流走了。」

「流到哪裡？最後會流到哪裡？」

我想了想，跟小孩說話，也童言童語一下吧！「流到大海裡。」我說。

後來，二孫上廁所，還是常被我逮到他一直在按沖水鈕。外婆是很節儉的，當然心疼水費無緣無故地增加，我提高聲音問他：「幹嘛一直沖水，沖一次就好了。」

他竟然毫不愧疚地回答我：「我想讓它們快一點到海裡呀！」

時光荏苒，外婆老了，和外公一起住到養老院來了。養老院有許多朋友，有的比我年輕十來歲，有的比我年長十來歲。從前常聽人說「老小」、「老小」，現在親身體會到了，原來老人家也像小朋友一樣富有想像力呢！

院裡三餐過後，老人家都喜歡散散步。腳腿好的，毫無問題可以走上好幾趟；稍有小恙的也可以拄杖而行或者拄一根有爪子的爪棍慢步而行；更嚴重些的推著助行椅走，也跟常人並無兩樣；最不能走的，就讓人推著輪椅來來回回地走，老人家腳不落地，卻可以到處去走、去看，遇到人還可以聊天。

我和老伴通常在自己樓層的長廊散步。那天，走著走著，突然看到坐在前面輪椅上的方奶奶向我用力招手。

什麼事呢？這不是打招呼，是叫我過去的意思。我趕緊加快步子，把老伴丟在後面：「奶奶什麼事？」

她看著我，很誠懇地說：「借我一百元。」

嗄？我身上沒帶錢啊，我把口袋統統翻過來給她看，沒有、沒有，「我沒帶錢。」

我走開了，我知道她最近有點奇怪，也就不以為意，照顧她的看護可能要比較辛苦了。
第二天，她又招手，我又走過去，她說：「借我四十元好嗎？」我知道她的情況，而且身上也的確沒有錢，我向她聳聳肩，跟她的看護使個眼色，我就走開了。
第三天，看護告訴我，奶奶向另一家的老夫妻借一百元，老夫妻很好心，身上沒錢，竟回房取一百元，最後當然看護把錢還給他們，並且告訴他們，奶奶有妄想的狀況。
後來，我們又在同一個走廊上相遇，奶奶說：「我沒錢，不能付錢給司機先生。」言下大有歉意。
原來，她把她的輪椅當作車子了，把推輪椅的女看護認為是司機。原來，她每次要借錢，都是為了要付錢給「司機先生」。
「真抱歉，又沒有錢給司機先生。」有時錯身而過，她會這麼告訴我。

我說：「這位司機先生人真好。」然後我們走遠了，聽不到她跟「司機先生」說什麼了。

有的時候看護會笑：「我是男的嗎？我穿裙子耶。」不管，奶奶仍然稱她「司機先生」。有一次，她們的談話傳到我的耳裡，奶奶說：「等我老頭子來了，他會付錢給你的。」其實，她口中的老頭子二十年前就已經上天堂去了。

最近天候不好，外面時時飄著小雨，我們散步遇到的時候，會提到「下雨了」，雨大了，也會說「雨下大了哦」。奶奶坐在輪椅上，竟然也會參加我們的對話，她說：「淋到我了。」還作勢揮揮她的袖子，好像那裡真的被雨淋濕了似地。

我和看護相視而笑，奶奶的想像力真不是「一般」。這是室內的走廊，怎麼會淋到雨呢？她的想像力真的媲美「童話」等級了。

午後

不！換成是我，我也不會上車，我也不肯去，即使女兒在電話那頭聲聲喚，我還是不能去，是害怕什麼？我也不明白。

電梯門開了，我走出來。最近有很多新人入住，在餐廳看到不少新面孔，都不認識，覺得有點尷尬，於是想到社工室要一份新的住戶名單。

才步出電梯，就聽到喧鬧聲，什麼事呢？誰和誰吵架了？

走到正廳，看到了兩個爭吵中的主角，原來是方奶奶和她的看護。吵什麼呢？我很驚訝看護小欣怎麼可能跟方奶奶吵架！她一向笑臉迎人，今天怎麼不一樣了，好像為了什麼事在堅持著。

「快呀！人家司機等妳等了好一陣子了。」

「他等誰？我又沒有叫他來。」是方奶奶的聲音。

「是妳的女兒要我叫的車……」

「我不去。」

「車子都來了，怎麼不去？」

「又不是我叫他來的。」方奶奶氣呼呼地說：「為什麼非要我去？」

「是妳的女兒小美要我叫車給妳坐，她說在新家等妳呀！」小欣急得聲音都變粗了。

「怎麼回事？」聽到她們兩個聲音愈來愈大，我忍不住想要去探個究竟了。

「小美買了新房，妳知道吧！」當然知道，因為小美很高興地告訴過我們，房子很不錯，背山面水，久居國外的她要買下來定居，「我要把媽媽接回來一起住。」這是兩個月前的事，兩個月後的現在房子已經交屋了！

「是呀。」小欣說：「小美姐今天要把媽媽接去，先欣賞一番，然後搬回去長久居住。」那不是很好嗎？我替方奶奶高興，為什麼她不肯去呢？

「小美姐要我叫車，她把地址告訴我了。她需要買點東西，等一下跟奶奶一起吃，所以要我把地點告訴司機先生，讓司機把奶奶送到新家去。」

「我才不去。」奶奶嘟囔著。

「櫃檯幫我叫了車，司機已經來好一會兒了，奶奶就是不肯去，小美姐又在手機上催……」我看到穿著制服的司機，站在大廳門邊尷尬地看著這一幕。

「方奶奶是不是不習慣一個人坐計程車？」我看著方奶奶氣鼓鼓的模樣，女兒讓司機接她去，她為什麼不去呢？

「小美姐讓她一個人去，大概想要母女好好地聊天吧！」小欣無奈又生氣：「後來知道奶奶不肯上車，就叫我也一起去。可是奶奶也不肯……妳看司機在那邊等了好久了，就看我們在吵。」

本來的好事變成不愉快的糗事，小欣最為難了，她怎麼辦好呢？

「算了。」最後小欣上前去跟司機說了什麼，回到奶奶身邊：「不去就不去，是妳說的噢。」

奶奶終於也吵累了，小聲怨氣地說：「我又沒說要去，我從頭都沒說要去。」

我把新住戶名單印出來時，小欣已經帶著奶奶上樓了。

晚餐的時候，看見奶奶在她的餐桌用餐，我又關心了一下：「後來怎麼了？」

「只好付司機一百塊錢了。」小欣哭笑不得：「把人家叫來又不上車，我能不管人家嗎？只好付一百元，還一直跟他道歉。」

小美也只好一個人在新家過了，她買的東西如果買多了，恐怕還得放冰箱了。

小欣覺得奶奶很怪，為什麼女兒邀妳去新家，妳不去呢？

我本來也覺得奶奶彆扭。後來仔細再想、將心比心，又覺得奶奶沒有錯。如果換成是我，我會單獨一個人上車，和我不認識的陌生司機一起到我女兒新買的房子嗎？我怎麼相信他會好好地載我到女兒的新家？如果他弄錯了方向、弄錯了住址呢？如果他繞了遠路，我能怎麼辨呢？

不！換成是我，我也不會上車，我也不肯去，即使女兒在電話那頭聲聲喚，我還是不能去，是害怕什麼？我也不明白。但是想像我是九十好幾的方奶奶，步履蹣跚，腰腿時時發疼，沒有人陪，絕對不會一個人出去的。

雖然後來小美願意讓小欣陪媽媽一起坐車，但是老人家已經意興闌珊了，她說「我哪裡也不去」時，不是在鬧脾氣，而是她真正的想法。吵都吵累了，還有什麼興致！

遺憾的是，女兒一片好意，卻沒能達成，母女無法一起在新屋品賞好茶好點心的快樂時光。

畢竟女兒還沒到母親那個歲數，她的身體又好，無法體會母親的體能和母親的擔憂，以及母親對事情的奇怪看法了。

午後的這一場鬧劇，計程車司機吃了一點虧，因為他等了許久；小欣雖然著急地提高了嗓門和方奶奶彷彿吵了一架，但兩人相處久了，比真正的母女還像母女，事情過去了就平靜了，誰也沒對誰生氣。

不信，去問問奶奶：「昨天有什麼事，聽到妳們吵來吵去的？到底怎麼了？」

奶奶會一臉無辜地看著你說：「誰跟誰吵啦？我怎麼完全沒聽說？」

好好走

老人們聚在一起，談得來的人都有同感：「希望一覺睡去，就不起來了。」「那是多麼幸福啊！」是呀！最怕有人開玩笑說：「祝你活到一百二十歲。」不行、不行！大家都搖頭，搖著雙掌，拒絕這樣的「祝福」。

快要八十歲的時候，大家突然都珍惜起自己的身體來。「我吃『善存』、喝『雞精』。」有人說：「身體到了要進補的時候了。」

「我跟她相反。」另外一個人說：「其實不需要吃補，只要吃健康、吃有機就可以了。」

我在一邊聽著，不知道說什麼好。「銀髮善存」是一直在服用的，至於雞精？曾經試喝過一次，不習慣那個味道，後來就再也不碰了。有人送雞精給我，我就轉送給敢喝的人。我的想法是：不能為了身體勉強吃「奇怪」味道的食物或補品！

有一回在外面用餐，我特別點了菜單上註明「健康食品」的便當，價錢稍稍貴了些，但是「健康」兩個字吸引我，多花一點錢買得健康，豈不是很划算！

可惜，後來我不敢再點健康餐了。問朋友玲：「怎麼那麼沒滋沒味的！」

「本來就是呀！愈好吃就愈不健康，妳要吃標明『健康』的餐點，當然少油、少鹽、少味道了。」她這樣回答我。

同學聚餐的時候，最講究的是錦，她慢條斯理地問服務生，哪一道餐點是怎麼烹調的？煎炸的食物她不要，清燉的最好，一道餐有許多選項，我們不到三分鐘就點好了，她卻有許多講究，時間自然就拉長了些，我們的第二道菜已經上桌了，她的餐才快要點完。

我們沒像她那麼講究，吃著談著好高興，有時候還會勸她：「隨便一點啦，偶爾吃吃也不會怎麼樣。」

「不行。」她精心打扮過的臉，雖然含著笑，卻是很正經：「我最注重的就是養生了，這可不能馬虎。」

久了，大家也習慣了。她總是優雅從容，不像我們大部分同學那樣說笑進食，這個也吃、那個也吃，絲毫不顧「養生」是多麼重要的事。其實在我們的心裡，養生當然極重要，不過偶爾放鬆一下也不覺得有何嚴重。

倒是錦，給了我們嚴重的一擊。

那次同學聚餐，她沒有來，大家都不以為意，因為她一向從容不迫，慢條斯理，遲到的次數自然很多，這回，久久不見她露面，大家也不覺得特別奇怪；總之，她會來的，只是晚一些罷了。同學在一起是最自由的，我們談著談著，到了不得不離開的時候，突然有人提醒：「錦還是沒來耶。」

是呀，遲到也不至於這麼久，於是有人自告奮勇：「回到家，我打電話給她。」

後來才知道，錦已經到天上去了，所以那次的同學會她才會缺席，這個消息像震撼彈，把大家炸得七暈八素：「什麼？她那麼注重養生的人……」

原來每個人都會到那個地方去，只看好走不好走了。錦突然地走，算是好走的，也許這是她注重養生的結果。

有很多人卻是不好走的：像馬奶奶的先生，聽說已臥床十七年了，馬奶奶住進養老院是逼不得已，因為兒女替臥床的馬爺爺請了兩位外籍看護，家變得擁擠起來。

「她們煮的菜我也吃不慣。」馬奶奶說：「而且房子也不是很大，我走過來走過去都會碰到她們，我在那裡一點用都沒有……」

所以奶奶被女兒送到養老院來了，在這裡，她至少有人可以說話，可以吃中國菜而不是印尼菜或越南菜。

奶奶常常回去看她的先生，回來後我們會問她，「妳的先生好一點了嗎？」

她搖頭：「沒有反應，還是那樣。」

雖然她的先生還在，不過，在我們看來，「在」等於「不在」。如果有一天他走了，那絕對不算好走，已經走了十七年甚至可能還要更久更久，唉！算悽慘的了。

老人們聚在一起，談得來的人都有同感：「希望一覺睡去，就不起來了。」「那是多麼幸福啊！」是呀！最怕有人開玩笑說：「祝你活到一百二十歲。」不行、不行！大家都搖頭，搖著雙掌，拒絕這樣的「祝福」。

有一天，一大早救護車來了又走了。

「是誰呀？」大家免不了關心：「哪個人摔跤了嗎？」不是，有人告訴我們：是林爺爺，他沒有摔跤，他在床上「過去」了，睡了就沒有醒來。

聽到的人都驚呼！「他怎麼這麼好命？在睡夢裡走掉！太好命了。」香奶奶更是一臉愕然：「昨天傍晚我和陸爺爺還在販賣機前面看到他。」

「是嗎？」

「林爺爺在買飲料，買完就上電梯了。」香奶奶說：「他每天都買紙盒飲料喝，對身體是不好的。我跟陸爺爺還勸他少喝一點。」

林爺爺大概有九十四、五歲了，推著助行車最大的樂趣是喝盒裝的甜飲料！

晚餐桌上，香奶奶說她告訴陸爺爺，林爺爺走了，如此這般。

「他有沒有很吃驚？」我問。畢竟昨天才見過面的人，突然從這世上消失，他一定嚇到了吧？

香奶奶忍住笑意說：「我也以為他會嚇到。」可是，她忍不住笑了起來：「他竟然開玩笑問我：『林爺爺喝的是什麼飲料？』他說：『我也要去買一罐。』」

大齡人生08

幸福老：高齡的快樂祕密

一群人的老後 4

作　者　黃育清
策　劃　好室書品
特約編輯　傅安沛、陳靜惠
封面設計　白日設計
內頁排版　洪志杰

發 行 人　程顯灝
總 編 輯　呂增娣
主　編　徐詩淵
編　輯　吳雅芳、黃勻薔
　　　　簡語謙
美術主編　劉錦堂
美術編輯　吳靖玟、劉庭安
行銷總監　呂增慧
資深行銷　吳孟蓉
行銷企劃　羅詠馨
發 行 部　侯莉莉
財 務 部　許麗娟、陳美齡
印　務　許丁財
出 版 者　四塊玉文創有限公司

總 代 理　三友圖書有限公司
地　址　一〇六台北市安和路二段二一三號四樓
電　話　(02) 2377-4155
傳　真　(02) 2377-4355
E-mail　service@sanyau.com.tw
郵政劃撥　05844889 三友圖書有限公司

總 經 銷　大和書報圖書股份有限公司
地　址　新北市新莊區五工五路二號
電　話　(02) 8990-2588
傳　真　(02) 2299-7900

印刷製版　卡樂彩色製版印刷有限公司

初　版　二〇二〇年二月
定　價　新台幣三〇〇元
ISBN　978-986-5510-05-3（平裝）

國家圖書館出版品預行編目 (CIP) 資料

幸福老：高齡的快樂祕密——一群人的老後 4 / 黃育清著 . -- 初版 . -- 台北市：四塊玉文創 , 2020.02
面； 公分 . --（大齡人生；8）
ISBN 978-986-5510-05-3(平裝)

863.55　　109000499

http://www.ju-zi.com.tw
三友圖書
友直 友諒 友多聞

【黏貼處】對折後寄回，謝謝。

親愛的讀者：
感謝您購買《幸福老——高齡的快樂祕密：一群人的老後 4》一書，為感謝您對本書的支持與愛護，只要填妥本回函，並寄回本社，即可成為三友圖書會員，將定期提供新書資訊及各種優惠給您。

姓名＿＿＿＿＿＿＿＿＿＿ 出生年月日＿＿＿＿＿＿＿＿＿＿
電話＿＿＿＿＿＿＿＿＿＿ E-mail＿＿＿＿＿＿＿＿＿＿
通訊地址＿＿＿＿＿＿＿＿＿＿
臉書帳號＿＿＿＿＿＿＿＿＿＿
部落格名稱＿＿＿＿＿＿＿＿＿＿

1 年齡
□ 18 歲以下 □ 19 歲～ 25 歲 □ 26 歲～ 35 歲 □ 36 歲～ 45 歲 □ 46 歲～ 55 歲
□ 56 歲～ 65 歲 □ 66 歲～ 75 歲 □ 76 歲～ 85 歲 □ 86 歲以上

2 職業
□軍公教 □工 □商 □自由業 □服務業 □農林漁牧業 □家管 □學生
□其他＿＿＿＿＿＿＿＿＿＿

3 您從何處購得本書？
□博客來 □金石堂網書 □讀冊 □誠品網書 □其他＿＿＿＿＿＿＿＿＿＿
□實體書店＿＿＿＿＿＿＿＿＿＿

4 您從何處得知本書？
□博客來 □金石堂網書 □讀冊 □誠品網書 □其他＿＿＿＿＿＿＿＿＿＿
□實體書店＿＿＿＿＿＿
□ FB（**四塊玉文創 / 橘子文化 / 食為天文創 三友圖書**－微胖男女編輯社）
□好好刊（雙月刊） □朋友推薦 □廣播媒體

5 您購買本書的因素有哪些？（可複選）
□作者 □內容 □圖片 □版面編排 □其他＿＿＿＿＿＿＿＿＿＿

6 您覺得本書的封面設計如何？
□非常滿意 □滿意 □普通 □很差 □其他＿＿＿＿＿＿＿＿＿＿

7 非常感謝您購買此書，您還對哪些主題有興趣？（可複選）
□中西食譜 □點心烘焙 □飲品類 □旅遊 □養生保健 □瘦身美妝 □手作 □寵物
□商業理財 □心靈療癒 □小說 □其他＿＿＿＿＿＿＿＿＿＿

8 您每個月的購書預算為多少金額？
□ 1,000 元以下 □ 1,001 ～ 2,000 元 □ 2,001 ～ 3,000 元 □ 3,001 ～ 4,000 元
□ 4,001 ～ 5,000 元 □ 5,001 元以上

9 若出版的書籍搭配贈品活動，您比較喜歡哪一類型的贈品？（可選 2 種）
□食品調味類 □鍋具類 □家電用品類 □書籍類 □生活用品類 □ DIY 手作類
□交通票券類 □展演活動票券類＿＿＿＿＿＿＿＿＿＿

10 您認為本書尚需改進之處？以及對我們的意見？
＿＿＿＿＿＿＿＿＿＿

感謝您的填寫，
您寶貴的建議是我們進步的動力！

【黏貼處】對折後寄回，謝謝。